文
景

Horizon

社科新知　文艺新潮

DAVID MEANS

THE SECRET GOLDFISH

秘密金鱼

[美] 大卫 · 米恩斯 著

唐江 译

上海人民出版社

纯粹的美国产物

发了疯——

——威廉·卡洛斯·威廉斯

目 录

遭雷击的男人

第一次，他正在跟丹尼钓鱼。钓鱼就像一场圣事，因此，他被闪电击中，神志恢复清醒之后，心里感觉到的，是宗教仪式留下的模糊余味：懒洋洋地反复抛出匙状假饵，缓缓转动摇把，绕线轮咔嗒作响的调子，给干净的鱼钩装饵，在映出宁静无风的午后余晖的浩瀚水面上，听凭直觉，拖动鱼线，寻找水温凉爽的深水洼。每条鱼似乎都是从寂静中浮现的奇迹：一条阔嘴鲈剧烈喘息着，大口吞咽着天空，旋转着、扭动着，抗拒着脑线[1]的力道。就在这时，他被闪电给击中了，事后，他觉得自己就像钓线尽头的鱼一样。这就好比一场范式转换[2]：起码有数月之久，他认为自己跟鱼毫无二致，同样被天上甩落的一根无形钓线吊在空中，摇摇晃晃。

[1] 也称接钩绳、前导线、子线，指鱼坠和鱼钩间的那段绑线。——中译注，下同

[2] 原意是指在科学范畴里，根本假设等基本理论层面发生重大改变。后被用来形容根深蒂固的思维习惯、价值观的转变。

∴

露西的怀抱慵懒无力，她的皮肤是珍珠白色的——他喜欢说，它像贝壳的内壁一样光滑——一天晚上，他回到莫里森农场的住处，嗅着她在自己手指上留下的、泥炭般的潮气。他刚才爱抚了她——只把手指轻轻探入了潮湿的部位——此刻，无法成眠的他来到屋外的门廊秋千上，让肾上腺素和睾丸酮消退下去。他想在启程去新兵训练营之前，跟她缠绵一番。山雨欲来。大片热闪电在西边的乌云中闪动着。雷声犹如沉闷的喉音，盖过了蟋蟀的叫鸣。击中他的那个霹雳，打在二十码开外的篱笆上，又反弹开来。事后他回想起，他在汹涌澎湃的睾丸酮带来的快意中，半开玩笑地跟这场暴风雨，甚至跟上帝说过：来吧，你们这帮杂种，把你们的本事都冲我使出来吧——在东亚战场上，跟他同龄的青年面对敌方的迫击炮射击，说的也是同样的话。来吧，你这杂种，再来一发试试，他话音刚落，那道分叉的紫色和浅紫色闪电就从飑线[1]前缘扭曲着落了下来，从看上去角度有些奇特的——在残缺不全的记忆中是这样——右侧，平射过来，撕裂了篱笆。据医生们推测，它直接

[1] 处于雷暴云下沉冷空气的前缘，是排列呈带状的雷暴群。

击中了他的胸骨，留下一块月坑状的烧伤，这块烧伤始终不曾彻底痊愈。没过多久，他父亲出来，想赶在暴风雨开始肆虐之前（为时已晚）把牲口棚锁好——他嘴里叼着一支方头雪茄——结果发现儿子仰面躺在地上，身上还在微微冒烟。在为期两周的住院观察期间，他感到牙疼，牙齿还嗡嗡作响，不过他并不愿意接收那些兆瓦级功率、位于国境另一侧的墨西哥广播电台播发的可疑信号。他回家之后，露西来到他家——在酷热夏季午后的寂静中——把手伸进了他的BVD牌内衣的镶边。

∴

几年之后，就在第三次雷击发生前不久，他看到一道孤零零的粗短闪电，一个拇指大小的火花在篱笆那儿朝他摇摆。（后来，研究确认，这些微型闪电的确存在。）《生活》杂志刊出题为“遭雷击的男人”的整版集成照片，文中写道：“尼克·凯利说他在遭遇雷击之前，会看到异象出现。当时，他跟两个朋友在一起，在芝加哥南部几小时路程之外的一块地里，给他们看他准备开发的一处地产。在遭遇雷击之前，他看到篱笆那儿有一道小小的闪电。也有其他目击者声称，他们也曾目睹此类景象，不过也有可能是幻觉。”那一版集成照片显示，他在后院里，手拿烧烤叉，指着乌云密布的天空。这篇报道没说的是，他面颊那儿的严重挫伤，还有某些神经性病变，要过一段时间才会显现出来。第二次雷击过后，他对露西的爱被抹掉了。第三次雷击之后，他跟丹尼的友情消失殆尽。在头两次雷击之间，他暂时失去了钓鱼的所有兴致。

∴

让他的名字登上杂志的，是第四次雷击，它威势十足，就像你能看到、跟帝国大厦[1]过不去的那种。它落下来时，他跟它说了些话，还张开双臂，迎接它的到来。这回又是在船上，在密歇根湖的正中央，他正在用拖钓的方式，钓银大马哈鱼和硬头鳟。（他喜欢这种钓鱼方式，其中有种傻傻的朴素，你只要留意声波定位器，拽着拖索[2]穿过深水区，在座位上往后一靠，等着就行。）这条船的船长皮特，被闪电的边缘擦到，给烧得像炸薯片一样酥脆。尼克在承受闪电的全面冲击时，跟这个大家伙有过一段对话。就像这样：无论如何，我都会跟你一较高下，你这混蛋，这就是我的故事，从伊利诺伊州中部

[1] 美国纽约市曼哈顿区的超高摩天楼，其顶端的避雷针每年要遭受近百次雷击。
[2] 与钓线相连的沉重绳索。

来的一个乡巴佬，挨过一次雷击，第二次是运气，第三次是灵气[1]，那现在呢，哦，天哪！哦，既是故事又是灾难的风暴。哦，辉煌崇高的自然造化。猛烈地穿过我吧。给我的心一些勇气，让我能够抵受吧，不过别太过火。哦上帝，把我变成良好的导体吧。我会imitatione Christi[2]，忍受痛苦，背负起电流的负荷，再次努力活下去。

∴

从芝加哥综合医院出院后不久，他开始每周前往第二（还是第三？）基督教堂，在那儿认识了他的第一任妻子阿格尼丝，她长得怪像露西（肤色同样白里透红）。除了身上的伤疤，在谈到他跟闪电接触的历史时，他就会变得像“冷战”时期的间谍一样沉默：一说起云地放电、诅咒、避雷针推销员、那些信奉神秘主义的人，他这本书就合上了。（曾有人约他从事出售“专业防护避雷针”的工作。闪电是谷仓起火的头号原因！！！！！还有“拨打1–800，知晓你的未来”。）一说起媒体采访，跟大个儿闪电单挑，他这本书就合上了。（他一点也

[1] 俗语中的说法，指事情做两遍，往往会有好运气，做第三遍，往往能成。

[2] 拉丁文，效法基督。

不担心闪电的小型变种：那些在多数房屋神出鬼没的游离电场，那些烧化电话线、把电话变哑的诡异电涌，还有那些迷迷糊糊地飘进农家窗口的霹雳。）后来，他开始觉得，自己一向对这些形式的电能有意视而不见，所以它们才找上了他，要跟他较量较量。有一次，法国有支电影摄制组追查到了他的下落，来找他发掘往事，不过多数时间里，他还是努力过着平凡的生活，感觉生活缺少刺激，他在一家公关公司上班，给一些倒卖商品的商户做代理，所以下一次雷击来得有些出乎意料——这位不速之客是一团离群的静电，夏季的热闪电。这一次，他和阿格尼丝安安稳稳地待在密歇根州北部的夏日度假屋里，观看小熊队的比赛。阿格尼丝仰面躺在沙发床上，身上只穿了短裤和胸罩，露出一双长腿和女学生般的腹部，还有棱角分明的大腿肌肉。蛛网状的闪电，从纱窗对面的蓝色椅背套里放射出来，它将电力集结在一起，向窗外扫荡过去，似乎凝固在她的周围，所以在她被电死之前的瞬间，在停电让房间陷入一团漆黑之前的瞬间，他看到了她的美丽形体印在底片上的效果。

∴

为了离开芝加哥，他买下那座老农场，重建了大谷仓，在屋顶边缘装了六根避雷针，避雷针上装有圆鼓鼓的蓝色灯泡，灯泡跟悬在谷仓侧面、编好的粗股铝制电线连在一起。在这片地方的天际线上，占据上风的还是天空。就连那些玉米，也都弯下腰来，伏低身子，期待着下一场雷击的到来。夜里，他看康德的书，开始跟一个名叫斯泰茜的女人约会，这是个身材高大的农家寡妇，读过一点诗，会引用T. S. 艾略特的诗句，比如，她能完整背出《圣灰星期三》的第一节，还有整场整场的《鸡尾酒会》[1]。这时尼克已经五十岁了，务农让他保持了精干的身材，驾驶联合收割机让他留下了慢性的腰疼。不过他喜欢干农活儿。他喜欢那些大段的时间：独自待在驾驶室里，听着莫扎特的奏鸣曲，而那些玉米列队行进，走进拱形的灯光里，急于被这部贪吃的机器吞没。光秃秃的割刈地带从驾驶室后方——从星光照亮的黑暗里——浮现出来。

∴

别再瞎折腾了。鲁莽挑衅的日子已经结束了，尼克心想，别管闪电有多么容易弯折了，别管闪电在空中传递时，断裂之

---

[1]《鸡尾酒会》（*The Cocktail Party*）为艾略特的剧作。

后也能重新接续了，闪电仿佛有两重灵活的关节，可以随意改变自身的行进路线。莫里森自耕农场的土地，要多贫瘠有多贫瘠。他没日没夜地采收大豆，想跟艾奥瓦州的那些工业化农场一较高下。他劳累不堪，对什么都满不在乎。雷暴时节就快过去了。秋天吹过的那些风暴，似乎筋疲力尽，对大地感到厌倦，倘若它们还带来了什么东西，也不外是一场可怜巴巴的雨而已。

∴

第六次击中他的那道闪电，从遮住天空的云翳中落了下来——他的农场雇工厄尔给予了证实，当时厄尔正在解开某种设备，刚好瞥见尼克坐在一把黄色的园艺椅子上，歇一歇他的腰。那道巨大的闪电打在尼克二十英尺开外的位置，团成一个球，朝他脚边滚了过去，爆炸了。尼克头朝下飞了出去，撞在谷仓上。在医院，他回想起初中体育课上的实心球练习，他们把表面包裹着皮革的球丢来丢去，享受着这项运动乖谬的一面：竭尽全力，利用球的惯性，把别人打翻在地。要顺利接住实心球，你得给那股力道一个缓冲，跟它一起后退，这样，才能在某一刻，把自己的身体和球的冲击力统一起来。就像一种巧妙的舞蹈。他很擅长玩这个。

∴

尼克遭受了愈发严重的神经损伤，有了种种奇特的幻觉，他眼皮底下就像燃放焰火一般。他清楚回想起了那段经历。遭受雷击期间，他脱离了自己的身体。一道幽灵般的身影从他身上浮现出来：那是一名矮个驼背男子，身材瘦弱，在身体前倾时，用手杖指指点点。这是一位能靠闻味儿分辨土质优劣的老把式。这人抓起满满一把泥土，放在鼻子底下一闻，就能把土质如何说出个大概——湿润程度、pH 值大小、石灰含量如何如何；这是一位旧时代的老自耕农，他知道他的旱地耕作法，他迎着天空，久久地跳着复杂的舞步，祈求老天早点结束这场糟糕的干旱。这个男人最渴望的，莫过于云彩能裂开一些缝隙，释放出空气中紧绷的张力，别光来一些电闪雷鸣，也来一场大地应得的倾盆大雨。他是从前所有那些旱耕农留下的孑遗：那些人被大地搞得倾家荡产，拼命寻求对策，跳古老的传统祈雨舞蹈，或者找来火炮，把天空轰出窟窿。在那个地滚雷落下的地方，土壤熔成了玻璃，在地表下面——厄尔拿铁锹把它挖了出来——那块玻璃呈冰柱状，一直延伸到五英尺深的地方，分裂成一些枝杈，通向由老谷仓往贮藏棚输电的地下电缆。电力公司的一名代表解释说，这些地下电缆跟地上的电线一样容易招雷引电。上帝知道为什么，他补充道。

∴

斯泰茜在他的医院病床旁边坐了三个星期，他难受的时候，她就唱一些颂歌、民谣和她儿时在亚拉巴马州学会的小曲，还给他朗读艾略特诗全集。她的嗓音清亮而刺耳，仿佛是从美国的土地里雕凿出来的。他裹着绷带，忍受着像鞭子一般阵阵袭来的刺痒，汗水从他的双腿滴落——都是他够不着的地方——他清楚地看到了在朝鲜战场作战的幻觉，美军第一装甲师正遭到喀秋莎火箭炮结成的火力网的全面攻击——这时 8 号霹雳（像他预料的那样）插手了，它迫不及待地从天而降，以其粗大的尺寸，给地平线来了个教人难以忍受的巨大拥抱。它是个大家伙，它把挨在一起的几根分叉，合并成了一场无法想象的终极大扫荡。

∴

斯泰茜离开他之后，他卖掉农场，搬到了六英里之外的北边。他要在伊利诺伊州的一个小镇上，过单身汉的生活。他萌生了一种防御心态。他要躲起来，用这样的方式避开命运：栖身于沉缓的风景变幻之中，栖身于他在埃利森饲料与种子商店楼上房间里看到的景色之中，那副远景无聊得教人直想啐上一口（他也这么做了）。在周围房间住宿的，是些背井离乡的农家青年，他们从褐色的袋子里吸胶[1]，听音乐，拿记号笔在墙上写字，打发时间。他慢慢体会到，没有谁比昔日的农家青年更离经叛道，更麻木不仁。他们萎靡不振，是因为他们很清楚，整个务农的理念——大地与人相爱的农业神话，还有他们自家亲戚的劳苦和忧患，他们经历过干旱尘暴区、旱灾、种子霉变——已经沦为过时的笑话。如今是工业化农场的天下。他们困惑不已，听嘻哈乐，尝试摆出更文明的姿态（他们当中，不少人缺胳膊少腿），吸快克[2]和曼陀罗，夜里光着膀子，穿着工装裤四处游荡，在胳膊上文身。尼克感觉他们就像自己的同类。他们也以自己的方式，经受了雷霆霹雳的袭击。

---

[1] 即吸食容易挥发的强力胶溶剂。

[2] 原文为 Crack，又译为霹雳可卡因，因其在制备时会发出爆裂声而得名，又因其获取成本低廉，在低收入人群中非常流行。

∴

当然，下一场（7 号）雷击还是来了。它到来时的那副傲慢得可笑的架势，当时那种俗不可耐的情势，就连尼克也忍不住要一笑置之，当然，那是在颤抖、重重幻觉、充满火花的杂耍表演中，挨过好几个星期之后，在他能笑得出来的时候。他知道，下次就是最后一回了。下一记会要了他的命。结束。不会再有下文了。他从窗口望着这个人迹罕至的小镇，并没觉得 8 号霹雳就在自己视野边缘，此时正值仲夏干旱期，干燥的空气令他喉咙发痒。如今，他的视野里多出一片什么都看不见的空白区域，它空洞、深邃而幽暗。仲夏酷暑中，房间发出细微的声响。打开窗户之后，他看到这样一片景色：像是 1920 年前后的一个死气沉沉的农业城镇，有着西部片风格的、唬人的外表，以及看起来备受打击、了无生气的楼房。木质纤维板做的墙壁臭烘烘的，散发出干巴巴的芥末味。农家青年们在长长的午后荫凉中闲晃，把皱巴巴的袋子拿到面前——像美军伤员吸瓶装氧气那样，吸着强力胶。就好像这样吸特别管用似的。他大胆下楼时，步子一瘸一拐，他不能让脚后跟受力，脚后跟已经肿了，露出了肉。如今我可真是虚弱无力了，他告诉青年们。他们簇拥在他的周围，用手指抚摸他的伤疤，也反过来给他看他们的文身和皮肉伤，被瞬间切断的残肢，带有光泽的扭曲皮肉，后者记录下了开箱刀劈砍和油漆刮刀大战留下的伤痕勉强愈合的路线。他们把皱巴巴的袋子递给他。他拒绝了。他们请他吸汽油、大麻、安定。他们让他讲讲他的故事，他照办了，给他们讲了长长的故事，随意往里添枝加叶，望着他们赞许地缓缓点头。这种事他们懂。大自然就是爱玩操弄人心的游戏。大自然把他整惨了。他把闪电的性质讲得很深。他把自己描述成英雄。他像宙斯那样举起拳头，凭空揪出闪电。他把球形闪电扔出去，运球前进，快攻上篮。起码，他能为他们做这件事。他可怜他们空洞的眼神，可怜他们那种疲惫无力、蔫了吧唧的说话方式。

∴

光阴在阴暗的房间里流逝，阳光在楼下绽开裂缝的街道上大发淫威，灌木大小的野草透过破损的碎石路面，冒了出来，尼克任由防备心态继续滋长。他会躲过下一次雷击。之前他刚刚彻底痊愈，7号就来了，当时他被叫回芝加哥，出席因期权基金而引发的诉讼庭审。他跟艾伯特·福斯特一起，去了橡树岭乡村俱乐部。这家俱乐部很快就会安装闪电探测设备——是芝加哥城区的第一套此类设备——用于对引发 7 号雷击的种种条件做出预警。大波寒流从加拿大袭来，深入中部平原的炎热区域，吸收了水汽，形成了暴雨锋，后者已经催生出一场典型的四级飓风，把一处拖车停放场变成了一堆由粉色柔软绝缘材料、玻璃纤维碎片、大片石膏板汇成的大杂烩。他当时正要打第二个球洞，从他双肩隆起的架势可以看出，他会打出一记弧线球，这时暴雨锋探入了头顶上方黏滞的夏日空气里。到最后，只不过是要来一发闪电而已。就这么简单。它来得有些出人意表。两声窒闷的隆隆雷声吞没了高尔夫球场，他们身后轻轻地响了一声，就在这时，就在尼克把球棒挥到后方，调整肩膀，昂起脑袋，眼望上苍的时候，7 号闪电拐着叉状的弯儿，落了下来，分生出五股新的电流，就像五只不好控制的螃蟹，就像你用海鲜叉[1]戳虾那样，刺中了他的前额。

∴

他在屋里听着墙壁劈啪作响，坐在一台金属摇头电扇前面，成小时地一动不动。楼下街边，理发师老拉尔夫在讲自己

---

[1] 三齿的小餐叉，也作鸡尾叉，用于品尝泡菜、海鲜、水果等开胃小食。

的闪电故事，他的故事跟突出部战役[1]有关。要是这台旋转的电扇不能给他做伴，他就下楼看拉尔夫理发。拉尔夫的理发店外面，有根木头柱子正在朽烂。店内，镜子擦得干干净净，镀铬的部件和白色搪瓷脸盆闪闪发亮。在拉尔夫店里，很容易看出，他有过悲惨的人生经历。遭雷击的男人来了，店主说。可以理个发的男人来了。鬓角剪短点儿，后面理出层次来。在店里，他的故事已经成了传说、神话、不错的谈资。从那些卑微的限制中，从剪下的小片头发中，不难看出，剪发这件事显然有种不可逆转的特性。（人们愣是不明白，理发有多难，拉尔夫说。）理发期间——平头、爆炸头、错层重叠的长发发式、湿剪和干剪——尼克所能做的，顶多就是回答拉尔夫提出的尖锐问题。他尽可能地完善细节。但他不曾说谎。在理发店里，话语显得呆板而沉重。他尽可能地保持沉默，这样做不管用的时候，他就吞吞吐吐，支支吾吾。不过跟拉尔夫待在一起的时候，沉默似乎必不可少。拉尔夫的嘟囔、点头，还有他对正在理发的顾客的关注，填满了那些沉默的时刻；如果手头没有顾客，他可能就会清洗水槽，摆好剪刀，或者用心无所思、透出禅味的动作，打磨剃刀。上帝啊，你这故事可真不简单，尼

[1] 也称阿登战役，“二战”中德国在西线的最后一次攻势，企图将盟军分割，并阻止其进入德国，美军在此役中损失重大。

克，听完他对 7 号的描述之后，拉尔夫这样说道。拉尔夫有一张苍白的长脸——很少晒太阳的人，往往有这样的脸色——深陷的眼窝里，是一双深陷的眼睛。拉尔夫半信半疑。他永远也不会完全相信这个凭空冒出来，自称曾经拥有莫里森农场的怪人，那可是毗邻的县里最有名的农场，可能一度是林肯县耕种得最棒的农田。这个看起来饱经风霜、不同寻常的男人说的话，他只会相信一半。像这样的人，往往是从大平原[1]来的，即便是流动工人和流浪汉的大迁徙早已结束多年的今天，情况也往往如此，他们往往用恭敬的口吻，讲述有如预言一般的荒唐事件，那些事多半是假的，不过不知何故，听起来倒像是真的。拉尔夫知道这样的人有多重要。他们游走在事实与杜撰之间，同时点亮了许许多多的真实。他们让你懂得，中部各州的广袤荒野是什么样，依然占据上风的旷野地带是什么样。他小心修剪着耳朵旁边的部分，然后把嗡嗡响的推子啪地打开，把脖子那儿清理干净，理出一道整齐利落的线条。他还会再听遭雷击的男人讲故事，等这个男人把全部故事讲完，将近一年的时间也就过去了，到时候，他准备再听一遍，忘掉足够多的细节，这样他还会听得津津有味。遭雷击的男人会成为店里的固

[1] 北美中部广阔的草原地带。

定成员。他会拥有属于他自己的专座和烟灰缸。他的话语会融入漫长的午后。这个男人会拥有属于自己的位置。他会找一些零活干，以此维持生计，东赚几块西赚几块。这个男人会以这样的方式安度晚年——至少在此之前会是这样：那时，奇怪的预兆开始出现，空气变得莫名凝滞，店面上空的乌云开始积聚翻腾，然后传来一丝淡淡的、有所暗示的臭氧气息。然后一切都会改变，再也无复从前。

苏圣玛丽[1]

厄尼把袖珍折刀的刀尖戳进展柜顶端的塑料面，划出一道划痕，描摹着夹在苏必利尔湖和休伦湖中间，呈阶梯状下降的船闸系统微缩模型的轮廓。玛莎凭窗而立，她没有理睬我们，而是冲着远处的风景吞云吐雾……船闸里有艘超级油轮，被水托着，缓缓升起……仿佛船闸系统的正常运转，货轮在宽敞航道里的颠簸前行至关重要似的。仿佛这些从德卢斯[2]（一个无聊透顶的地方）的穷乡僻壤运往东部沿海地区等地的矿石至关重要似的。仿佛沐浴在阳光下的游客中心至关重要似的。这时，有个老妇人坐在礼品柜台后面，正在看一本平装书，她尽量对厄尼用刀子弄出的单调刮擦充耳不闻，偶尔抬起发炎的眼睛，伸出手掌，拨弄一下她那头漂亮的头发。——我

[1] 密歇根州上半岛东部城市，有铁路和桥梁与加拿大安大略省的姊妹城苏圣玛丽连接。流经此地的运河也叫这个名字。

[2] 明尼苏达州东部城市。

要去见见我认识的那个家伙，塔尔，跟他聊聊我跟你说过的那艘船，厄尼把刀子递给我，这样说道。他把乌黑的长发甩到一边，把手伸进裤子，猛地掏出他那支枪管长得可笑的点 44 口径雷明顿马格南，指着那名女士说，——不过我要先抢了这个老娘们儿。——举起手来，他说着，朝那位女士走去，后者从平装本上抬起了眼睛。她面容老迈，下巴皮肤松弛，少许头发落在她下巴颏那儿，看上去就像又尖又短的髭须。她脸上还留有酒吧女招待的美貌，还有稳若磐石的适应力。她身上唯一过得去的地方，就是那一大团高耸的银发，用几枚扁平发卡和颇为精致的发网牢牢固定住，就像一个鸟巢。——想拿什么随便拿好了，她用嘶哑的嗓音说着，抬起双手，做了个奉送的手势。——其实，要是你乐意，就冲我开枪好了。我无所谓。我都快八十了。今后要过的日子，我早就领教过了，人世间的事我也见得不少了，我的心早就碎了，我这些指关节得了严重的风湿性关节炎，连握笔写字都做不到。（她抬起一只手，好让我们看清，她的手指就像爪子似的。）——在收银机上按数都会疼。——耶稣基督啊，厄尼说，开枪打你，等于是帮了这个世界一个大忙，未免玩得太过了，他把枪塞回裤子，理了理衬衣的褶边，去找那个有船的人了。玛莎还是待在窗边，她又点上一支烟，直勾勾地盯着那艘船，我从展柜上拾起厄尼的刀子，接着他划过的地方划了起来。既然事情已了，柜台后面的老妇人就又拿起那本平装书，看了起来。外面，超级货轮好整以暇地冉冉升起；这是那种运输矿石的船，船身很长，有足球场那么长，有些骑自行车的家伙正从船头往船尾骑。它的庞大个头里，它被水托着从航道低处浮升上来的样子里，或许蕴含着惊人的美。但我没看出来。在那时的我眼里，它不过是又一项工业遗迹而已。

∴

几分钟后，厄尼在停车场开枪打那个名叫塔尔的家伙时，打中了停在船闸里等待放行的货轮，紧绷绷的轻微炸响从货轮侧翼反震了回来。船身侧面的最高吃水线比游客所在的位置高出许多；白色条纹下方是粗糙不平的船体表面，布满斑驳的锈迹和藤壶留下的疤痕。这条船就像一名裙子被风掀起的女士，为自己暴露在众目睽睽之下感到难为情。船头涂有白色的名字“亨利·杰克曼”。一名船务人员手搭凉棚，遮住强光，俯视着我们。他看到了悲伤的一幕：枪口冒出的一圈蓝色硝烟在厄尼打中的那个家伙身边飘荡着，后者喃喃说着“该死”，弯腰倒地，鲜血在他的胯下汇成了小潭。我们爬上卡车，离开现场的时候，他的身子在人行道上软塌塌地颤抖着，就像在跳凌波舞[1]，要努力穿过一根低得不可思议的横杆。现在，我可以跟你保证，那个家伙并未在当天早晨死掉。一年之后，我们在贝城的一家游乐园碰了面，他看起来安然无恙，身体束缚在某种机械装置上，它会——在我们目光交会的几秒钟之后——以每小时八十英里的速度，沿螺旋轨道连转三圈。我喜欢想象，过山车的晃动会把他眼里的我变成一副幻景，令他终生难忘。

∴

不妨一提，密歇根州苏圣玛丽市的后街是用混凝土铺就的，上面嵌有鼓凸的石子，表面有纵横交错的裂纹，路边是年久失修的气派老宅——这些老宅破败的窗户散发着霉菌和干腐的气息。厄尼开车时，高举着一只手，警笛在我们后面编织着午后的炙热。警笛声听起来微弱而杳远，毫无意义可言。过去三个星期里，同样的声音我们在各地听了不下十次，它们总是毕恭毕敬地保持着老远的距离，歪七扭八地旋绕着，就像在风中飘拂的一缕轻烟，慢慢消散。命运就像一口自流井，把我

[1] 一种西印度群岛的舞蹈，舞者身体要向后仰，并从下方穿过一根横杆，每次都要比前一次仰得更低。

们的幸运之河灌得满满的。厄尼很善于带我们摆脱困境。我们抢了一家便利店，拿走了五十块钱，还有五条绿白相间的薄荷烟。几天之后，我们把酒铺的一名店员双腿绑住，抢走了一盒顺风威士忌和五捆密歇根州的刮刮卡彩票。在厄尼的带领下，我们戴着头罩，在鱼眼监控镜头前虚张声势，让受害者不敢轻举妄动。我们用手比出V字，大声喊道：解放所有人！我们还面朝镜头喊道：帕蒂·赫斯特[1]万岁！翌日早晨，《底特律自由新闻报》周日版登出一幅十分模糊的照片，镜头把我们三个持枪的身形变得又弯又圆。配发的文章猜测，我们并非平庸之辈。据文章介绍，我们是一个纪律严明的组织，跟加州关系密切，从我们这伙人的趣味和激情，可以看出，气象员[2]型的激进分子已经在国内重新出现。——会找到地方放船下水的，厄尼说，他叼着晃晃悠悠的烟卷，把烟吸进肺里。玛莎在仪表板杂物箱里摸索了一阵，找出一把水果刀，刀身呈锯齿状，看上去有几分狰狞，橡木刀把上还留有一点干涸的血迹。她把刀递给我，又翻了一阵儿，摸出一袋药片，是些蓝色小药片；有

[1] 帕蒂·赫斯特（Patty Hearst，1954—　），美国报业大亨的女继承人，社会名流，1974年曾遭绑架，后来她本人也成了罪犯，抢劫了一家银行，她在蹲了一段时间的监狱之后，被总统特赦。

[2] 全名地下气象员组织，1969年到1970年代中期活跃于美国的一个极左派激进组织，以发动多起爆炸、暴动和监狱骚乱而闻名。

两枚鲜红色的，充满神秘和预兆。她把袋子甩了几圈，放开假嗓，唱了好半天，震得我们耳朵嗡嗡直响。玛莎的假嗓谁也比不了。当然，我们把这些药片丢进嘴里，干吞了下去，这段时间里，厄尼驾车冲过市中心，闯了两次红灯，那条船拖在车子后面，就像人们要等事后才会想到的某种东西。玛莎把双脚搭在仪表板上，她那头漂亮的秀发打着卷，围拢在她的眼睛周围，抵在她的嘴唇上。这是人世间最美妙的滋味：拖着一条船，逃避法律的制裁，甩着车尾转过拐角，把我们的后轮丢给拐弯的惯性来掌控，从坑坑洼洼的地面上咔嗒咔嗒地疯狂驶过，在轰鸣中驶过乱七八糟的小城，这座小城拼命想在现代世界保留一席之地，却发现自己在深邃而湛蓝的天空下，日益陷入悲惨的境地。所有这一切，再加上效果复杂、起效迅速的毒品，将整个场面的内幕暴露在外，它们令我们意识到，我们不是别的，只是一堆原始的感官而已。玛莎的秀腿露在带穗的毛边短裤——这条短裤又是另一个故事了——外面，她那涂了樱桃红指甲油的裸露脚趾，在窗口送进来的风里扭动着。街道尽头的航道从几栋孤零零的房子前面延伸开去，房子的颜色是浮木的灰色，既气派又摇摇欲坠，忍受着溽暑的烘烤。墙面已经干裂，仿佛随时都会火光四射，爆炸开来。它们看上去毫无希望可言。一栋维多利亚时代风格的宅子前面，有只狗被拴在一根长绳上，吠叫着，想要挣脱束缚，在困境中兜着圈子。我们在街对面停下，从卡车上下来，打量着它，它也反过来打量着我们。它一遍又一遍地吠叫呼救。汪汪汪。汪汪汪。汪汪汪。汪汪汪。汪汪汪。最后厄尼从腰带上拔出枪来，迅速瞄准，用双手托稳枪身，开了一枪，子弹射在狗身边的地面上，尘土飞溅；然后又是一枪，从它头顶打了过去，打碎了一根门廊扶手。狗马上就不吭声了，空气仿佛受了惊扰，闪烁着微光，变得比方才更加明亮，所有的轮廓都变得有些耀眼，然后又恢复了那种沉闷的朦胧，你只能在这种四下无人，只有一只不想再叫的狗的夏季小镇上，找到这样的朦胧感。狗坐在那儿，瞅着我们。它没什么不对劲的地方，只是一动也不动。远处水面上，有艘集装箱船肃穆地伫立着，仿佛被自己的行驶惊呆了，船上蒙着亮绿色的防水布。——咱们就在这儿放船下水吧，厄尼说着，解开船，把缆绳扔了回去，尽量装出一副知道自己在做什么的样子。防波堤的波纹钢板和水泥浇筑的扶墙，离水面有五英尺远。美国陆军工程兵团修筑的防波堤尺寸实在荒谬。我们提起绳结，把它从圆球[1]上摘了下来，把平板拖车左摇右晃地推过来，让船头从防波堤边缘探伸出去。然后我们默契地发

[1] 指安装在车尾，用于拖曳的拖曳杆（towbar）上挂绳子的拖曳球（towball）。

挥出嗑药后的干劲儿，掀起平板拖车，让船从堤坝边缘滑落下去。船“扑通”落在水面上，摇晃了半天，才端正过来，适应了它在这个世界的崭新位置，安分下来，厄尼拽着缆绳，把它拖到木板台阶旁边。要说这不是别的，只是一个爱情故事，未免有些对不住苏圣玛丽运河。枯败的天色，还有药丸在我们的血流中起效的感觉，把河水、船身拍击波浪的水声变得格外鲜明生动。那艘超级货轮（蒙着绿色防水布的那艘）赫然耸峙在我们的去路上。在细枝末节上夹缠不清，就会抓不住重点。我深深地爱着玛莎。除此以外，这个世界上还有什么要紧事呢。为了她，就是杀人我也愿意。我愿意像蛇吃蛋那样，把这个世界吞进肚子里。我愿意把自己的内里从这身皮囊里翻出来。我敢肯定，我可以踏出船外，涉水而行，做点儿跳曳步舞的小动作，保存好自己的能量，像模像样地效法耶稣，只不过做得比他还要出色。耶稣涉水行走，是为了证明一件事。我愿意有样学样，不为任何理由，只为找点儿乐子，只为证明我的爱。厄尼踩着船舷上缘，站在船头，把一只胳膊肘支在膝盖上，看上去有如维京战船的船头雕像。我跟玛莎一起坐在船尾，我望着她握着橡胶手柄，用她修饰得美得教人起疑的手指操控引擎。从她手指的紧张抽搐中，不难看出，她随时都会把船朝一侧猛甩过去。也许她并没有成心使坏的意思，只想捉弄一下厄尼而已，后者直勾勾地目视前方，小声嗤笑着，拍打着手枪，说，——我们这就过去，把你弄到手。咱们去抢一艘他妈的超级货轮吧，小子们。我把一只手放在玛莎手上，按住不放。她的双腿，露在剪短、带穗的紧身牛仔裤外面，在水雾下闪闪发光。（她是在马尼斯蒂市的一家旅馆里，把这条牛仔裤剪短的，她把它搁在赤裸的大腿上，我们在一旁看着，她把松散的线头拧掉，让它更齐整利落一些。）一颗颗小水珠贴在她大腿顶端的绒毛上，剪短的牛仔裤给它们披上了镶边，它们飞快地钻进了她的胯部。谁知道呢？没准儿她也在打量我的腿，我的腿紧贴在她的腿上，膝盖部位的白色半月形从我的牛仔裤破洞里露了出来。我把手按在她的手上时，我感到，我们的力量融合在一起，化成了一股欲望：把厄尼从船上掀下去。

∴

两天后的晚上，我们单独待在一家老旅馆里，它远在上半岛南部，毗邻霍顿县，这儿是她朋友查伦几年前嗑药过量死掉的地方。正是这家旅馆。正是同一间客房。她说服了我，她非要过来悼念她去世的朋友。（——我一定得去同一家旅馆，她说。——同一间客房。）常来这里住的，主要是海员，跑商船的那种，这家旅馆不怎么干净，地毯衬垫又潮又臭，毛巾脏兮兮的。我们在床上吃了几枚塔尔的药片。玛莎光着身子侧躺着，用一副严肃的口吻，给我讲起了查伦这个人，还有那年夏天，她们对彼此来说何等重要，还有她爹发火的时候，她们如何躲在机场附近，在围栏外面闲晃，望着偶尔出现的飞机抵达，螺旋桨猛烈地转动，机翼倾斜着，像是在努力召唤有利于飞行的元素。她们抽大麻烟，轻声细语地交谈，用有毒瘾的女孩特有的方式，彼此倾吐着秘密——争相披露自己的秘密，你说完了我说，用平平淡淡的口吻说，对，我搞过那个家伙，他当时在底特律住，是个毒贩，他嘛，已经结婚了，我们坐他的车去海滩，搞了两天。听她的讲述，不难想象出她们的样子：两人在凉爽的夏夜，坐在山柳菊和接骨木里，望着寂静无声、因为疏于养护而龟裂的飞机跑道，等待着从芝加哥飞来的班机。我也在那地方待过。玛莎和我就是在那儿发现，将我们联系在一起的是什么样的巧合：我们俩的父亲都在费歇尔车身制造厂的喷漆隔离间干了一辈子，他们在那儿忍受着面罩上的裂缝，忍受着吸进肺里的溶剂，忍受着高级汽车的制造工艺，确保漆面喷涂均匀。

∴

我光着身子，跟玛莎待在床上，嗑药嗑得多少有些兴奋，不过还没爽到人事不省。我用手抚摸着她的屁股，把手伸进她腰际柔滑的凹洼里，她也作出反应，把手伸过来，箍紧、拢住我的屁股，把我拉向她的身体，而她在我耳边柔声呼唤着，送出阵阵呼吸，她喊的没别的，就是我们来做吧。我把她的身子轻轻扳过来，把她的屁股露出来，压在她身上，把那话儿顶了进去，把嘴唇印在了她的肩胛骨上。高潮的时候，我注意到了旅馆客房的灰渣砖味，潮湿的地毯衬垫里的橡胶，长满霉菌的墙壁，浴缸里面滴水部位和马桶上缘的大团黄褐色污渍。外面，旅馆——粉色灰泥已经剥落，有条淡蓝色的滑梯，旋绕着通向一个空荡荡的游泳池——伫立在一条老路旁边，这是条运输木料的路，如今依然留有早年旅游潮的痕迹。对面的森林长满浓密的矮树，树木之间的缝隙仿佛充斥着星际空间的暗物质。我们进去查看时，太阳刚落山，但光线已经被森林吸收殆尽。这片森林方圆足有好几英里。单是看着这片林子，时间一久，也会让人迷失方向，来回绕圈。不难看出，我们已经来到了美国的最北边；从这儿已经能感受到北极的影响，北极光横陈在空中。我喜欢想象，我们俩在一次合体的亢奋中一起摆脱了我们的躯壳。我喜欢想象，两个极端孤独的人——都为他们刚刚害死了另一个人感到害怕——通过肉体合而为一，对宇宙有了更深远的体悟；我喜欢想象，也许在我一生当中，有过这么一个瞬间，我举起手来，让我的手穿过了上帝的头发。不过谁知道呢？谁又真的知道呢？真相驻留在那个瞬间之中，而那个瞬间已经消逝了，我能诚恳证实的，只有我们俩在通奸（这是厄尼爱用的字眼：我想跟那边那个通奸，要不就是，我要去找个人通奸）的时候，当真感到，我们对我们逝去的同志厄尼，怀有深挚的爱意。我们躺在床上，让习习微风从旅馆的窗口吹拂进来——凉风中裹挟着不少黄色的松树花粉——吹过我们湿漉漉的肚皮。密歇根北方的空气始终不如加拿大的清新。平时总有一股隐约可辨的铁矿石渣味儿，或者在海岸礁石间越积越多的死苍蝇味儿。玛莎仰望着天花板，觉得自己一定要讲讲她死去的朋友。她点了支烟，深吸一口，然后把烟从牙缝间吹了出来。（我对她两颗门牙中间未加修补的大牙缝迷得不得了。）她是这样跟我说的，我凭着记忆，尽量说得详细些吧：查伦是个常年四处游荡的人，她生在安大略省萨尼亚市，隔湖正对着休伦港的地方。把她拉扯大的是她姥爷，只有几个夏天，她没在他那儿，而是来到我们镇上，跟她那个神经错乱、在汽车厂上班的父亲住在一起。不知何故，她被送到了爷爷那儿，新斯科舍省[1]那边。她爷爷是个脾气暴躁、很难相处的酒鬼，他揍她时下手很重。她屁股上留有四叶草形的小小疤痕。她从爷爷那儿逃走了，回到了她在萨尼亚的姥姥那儿，后来她又从姥姥那儿逃走了，穿过跨国大桥，来到底特律，在那儿勾搭上一个名叫斯坦的男人，此人是个疗养院的维修工，负责维修空调，疏通堵塞得乱七八糟的马桶。闲暇时间里，斯坦沉迷于制毒。他们在迪尔波恩[2]的一座房子里建了个实验室，那片街区蛮不错的。后来有一天，发生了爆炸，斯坦弄得满脸都是稀硫酸。她撇下他，又勾搭上一个制毒的，他叫金，在萨吉诺[3]那儿的一栋房子里干，摊子铺得挺大。她给他打下手，但她从没碰过那东西，像天使一样对它敬而远之。玛莎说，就连金也觉得，查伦的自我克制值得赞赏。尽管她受过不少虐待，但她有股镇定自若的气质。她的双眼，是那种令人惊奇的深蓝色。除了有疤什么的，她的皮肤再白皙、纯净不过。简直是白雪公主般的肌肤，叫人直想摸摸看，就像一块清凉爽滑的石头。她出落得越来越漂亮，最后那个叫金的家伙再也无法容忍她眼里透出的温情，也许是为了改变这一切，他开始打她的

[1] 加拿大东部的省份。

[2] 美国密歇根州东南部城市，位于底特律以西。

[3] 美国密歇根州中东部一城市。

脸，就像打沙包一样。有天下午，他在自制毒品的影响下，叫两个朋友把她按住，他拿起一把敲肉槌[1]，砸她的脸，就那么敲啊敲，把她打得奄奄一息——也许她真的死了。也许她离开了自己的身体，飘浮在身体上方，向下望去，只见有个留着蓬乱长发的男人，在用银色敲肉槌砸她的脸，她断定，就这样死掉，未免太不值了，于是又回到了自己的身体里面。（玛莎对这段经历深信不疑。）查伦的颧骨骨折了，牙齿碎了。只为恢复咀嚼功能，她的下巴和牙齿就做了将近二十次手术。即便如此，咀嚼的时候感觉也不对劲儿；她的假牙会从上颚脱落下来，她说起话来，声音怪怪的，她一想笑，就会耳鸣。她要是笑得太厉害，她的嘴巴就会牢牢闭上，她会听到一阵和谐、高亢的声音，就像钟声一样，然后她会听到一阵风雨声，或者贝壳里响起的风声，或者风从固定用的钢丝绳中吹过的声音，或者风从干燥、尘土飞扬的街上吹过的声音，或者纸巾的沙沙声，或者用平底锅煎一片培根时的嘶嘶声，或者不断在耳膜里循环的拨号音。她总能从自己上方俯瞰下来，看着金扑向她，两个男人按住她的肩膀，她乱踢的双腿就像反复开合的剪刀一样，槌子一次次闪过，直到她脸上糊满鲜血，看不出鲜血下面有什么

[1] 一种用于将肉类敲击松软的槌形厨具。

变化为止。等玛莎与她重逢的时候——大概是在一年之后，在沃尔玛超市的休息室里——她就顶着这样一副扭曲、怪异的面容；看的人要费神琢磨一番，才能把错位的五官对上号。我是说，全乱套了，玛莎说。她的鼻子折叠了起来。底特律那帮整形和口腔外科医生根本没法帮可怜的查伦恢复原貌。就像五官移位的蛋头娃娃。反正也没人肯花大钱帮一个四处游荡的人整容。玛莎硬逼着自己直视着她。然后查伦给她讲了金的事，讲了她毁容的原委，在此期间，玛莎的视线始终没有从她的鼻子、她变形的颧骨、像鱼一样的嘴巴上移开。她竭尽全力，想看出原先的美貌到哪儿去了，查伦在被金毁容以前是什么模样，那副天使气质在哪儿，因为她多少有点怀疑她说的这一点。据她回忆，从她们夜里到机场围栏外面吸大麻的时候起，查伦就一直是个，嗯，相貌平平的孩子。不过听查伦讲这件事的时候，她拼凑出了查伦原先的面容，发现的确，也许这张乱七八糟的脸以前也漂亮过。她的眼睛是亮蓝色的，大大的，她有乳白色的白皙皮肤。那天晚上，下班之后，她们决定一起出去，不是去酒吧，去那儿的话会有人骚扰她，只是买些啤酒去查伦家喝。查伦有些小药片，她管它们叫失神片，好上帝失神片之类的。于是她们去了查伦家，服下药片，喝了些啤酒，决定看《蓝丝绒》[1]。据玛莎说，接下来的事怪惊人的，色情得令人难以置信；她们都嗑嗨了，看着那部电影，突然，两人之间滋生出一股异常强大的亲近感；玛莎低头望向沙发上的查伦时，查伦看上去美艳不可方物，她非吻她不可（这是她的原话，一字不差）。她的嘴巴怪怪的，因为她的牙都没了，所以光是软软的，没有别的，后来，不知怎么搞的，她们脱掉了衣服——我是说，就好像我们俩都不是第一次这么做似的，玛莎说——她跪在查伦的两腿之间，把她弄到了高潮，然后她们一起过了夜。几天之后，查伦辞了职，再一次穿过这座桥，去了加拿大，后来玛莎听说，她跟几个男的一起，来到了北边的这家旅馆，之后她就嗑药过量身亡了。

∴

这个故事，还有她一大清早，天刚破晓时给我讲这个故事的方式——这时我们俩已经过了药劲儿最足的时候，身子麻酥酥的，半睡半醒——以一种奇特的方式，激起了我的欲火。听了一个暴力虐待的故事，竟然勃起了，这好像不大对头，但这

[1] 蓝丝绒（*Blue Velvet*），美国电影导演大卫·林奇的作品。

的确发生了，我们再次纵情欢爱，两人的高潮来得都很激烈，然后我们躺了一会儿，她坦白说——这都是我编的。我从来不认识什么四处游荡的加拿大人查伦，当然，我也不会跟那样一个丑八怪睡觉。怎么可能呢。我只想讲个故事而已。我就是想编个故事讲给你听。我觉得这个故事挺有意思，也许多少还能让人看清这个世界是什么样。这个念头——一个天使一样的女孩，完美无瑕的女孩，被人给彻底毁掉了——我经常琢磨。她坐了起来，抽了根烟，伸开双腿。外面，天已破晓。我想象着，阳光射入树林之中，运输木料的卡车隆隆驶过。有那么一瞬，我觉得自己想砸她的脑袋。我想象着把她按牢，拿敲肉槌照着她脸上来那么一下。不过我发现，我很容易原谅她，因为她编的这个故事里，有狂野而奇妙的性爱在熠熠闪光。我吻了她，望着她的双眼，注意到它们流露出了一股悲伤，她也没回避我的目光（不过我对这一点倒没怎么在意）。我注意到了什么？我很难诉诸语言，只能说她眼里饱含哀伤，还有一份与生俱来的平静，她的瞳孔里少了一些什么。——这不是你编的，我说。——这样的烂事，编也编不出来，她用平板而冷淡的口吻回答。——所以这都是真事。——我可没这么说。我只是说，这种烂事，编也编不出来。

∴

——我们会因为那件事被抓的，后来我们吃早餐时，她这样说道。我们周围尽是卡车司机，他们戴着帽檐挺长的帽子，趴在一盘盘食物上，把沉甸甸的银餐具弄得叮当响，在默契的沉默中吞着鸡蛋。一名女招待把脏盘子丢进污水槽，又把它们逐个拎起来，再听任它们掉下去，就像在测试餐厅用的高档餐盘有多耐用似的。——我们会被抓的，我附和道。我可不打算在这件事上争论什么。其实，我们的幸运之河还会再流淌一段时间。然后我就会失去玛莎，开始寻找像查伦那样的女人。说起来，这个世界能吞没很多像厄尼这样的人；每天，他们都会消失在这个国家广袤的地平线上。——也许他死了。他会游泳，但他划水的动作看上去没多大把握。——嗯，我附和道。当时，厄尼从水里冒了出来，嘴里嚷着亵渎的话，用奇怪的侧划姿势，朝我们这边划了过来。他不断挥舞的双手只能让上半身浮在水面上。躯干的其余部分隐没在水中，无法看到，我们不禁猜想，他的靴子是否还在脚上。他从船上落水以后，在水下待了好长一段时间。他浮出水面的时候，脸看上去皱巴巴的，有些孩子气，一脸遭到背叛的表情。他冲我们喷出水来，擦干净嘴，用坚决的口吻说，——你们死定了，伙计，你们俩都是。然后他诅咒了我的父母，他们出生的日子，玛莎的阴道和屁股，她的父母，上帝和万物，还有航道里冰冷的海水和轮船，轮船位于近四百码开外（——得了，混蛋们，救救我）。他就这样不停吆喝着，直到灌得满嘴是水，呛到为止。我们在周围兜着圈子，开足了油门，来回转着，朝他那边送去一股尾流，向前驶去。等我们开到防波堤那儿，扭头回望时，只见他还在那儿扑腾，几乎看不见了。那艘轮船傻乎乎地耸立在后面，对他的处境浑然不觉。一只海鸥在头顶上空盘旋，就像一个预兆，后来我们说起了它。（海鸥是给上帝寻找尸体的家伙，玛莎告诉我。可别被它们的洁白羽毛什么的给骗了。海鸥最擅长寻找尸体了。）我们回到塔尔的卡车上，驶出这个城镇，沿途北上，朝霍顿市驶去，任由厄尼听天由命、颇为反常地在圣劳伦斯海道系统里漂游。有好长一段时间，我们一言不发，光是驱车前进。收音机里在放尼尔·扬的一首歌。我们把声音调大，然后调得更大，就让它这样引吭高歌，直到它变成同样嘈杂、吱吱啦啦的杂音，就像一个高亢的鼻音，卷入了一场失真信号的龙卷风暴。

有如亲见

我径直朝他走去，抓住了他的胳膊肘，甚至都没征求他的准许，因为他眼看便要一脚踏空，他没看见——他哪儿能看得到呢？——那级台阶，还把红头拐杖挥到了半空（我强调一下，是半空）。除了抓住他，我还能怎么做？别人大概会去抓他的手或肩膀，不过我受过导盲的训练，于是抓住了他的胳膊肘，他立马就挣开了，然后斩钉截铁地说，他的话里多少有点口音——是英国味儿，要不然就是装出来的英国味儿，起码也是哈佛味儿——闪开。闪开，他说，于是我松开手，然后他就头重脚轻，侧翻着跟头，一气儿摔到台阶底下去了。我感觉，他把摔跟头的技巧掌握得蛮扎实，慢慢回想起来，我感觉他的动作挺像那些在太空瞎晃，给地球上那些傻瓜，那些可怜鬼，表演失重带来的种种乐趣的家伙。这个盲人对自己的身体与重力的关系，把握得相当准确严谨，他滚落台阶时，身手相当敏捷，在我看来，他既没折断一根骨头，也没撕裂一根韧带。大街另一侧的人看傻了眼。我特别注意到，有位先生——身穿优雅的西装外套，系着领带——他是目击者，会证实我的说法（或者说，我当时是这么认为的）：我只想帮这个盲人下台阶而已。这个人直冲过大街，闪过呻吟的盲人，走到近前，嚷嚷起来。他长着一张红润的脸膛，近看之下，脸上有些麻子，我父亲会说，这是酒鬼的面孔，这张面孔毁掉了西装外套营造的效果。近看之下，西装外套上沾有发亮的条纹，看起来像是融化的黄油。这一番迅速的判断让我意识到，他是个流浪汉，跟城里的另一个同伙一起，睡在楼门口，四处偷点小钱什么的。我意识到，他并未目睹盲人摔跟头的过程，明摆着，他冲我嚷的是别的事，他把我当成了别的什么人，他嚷着，——马文，你别再惹我发火了，你这个杂种，因为看在上帝分上，玛丽是不会为了我离开你的，也不会为了你离开我，都没门儿。直到那个盲人迈出第一步，已经开始倒下的时候，我才看到他。我当时正在银行里数我取的钱——二十美元面额的新票子，很挺括，没有破损，所以很难一张张分开。我一边走，一边努力把它们分开——周围是大理石地面上的空洞脚步声，那是真正的银行时代留下的真正的大理石——这时我从我的，不是眼角，而是眼眶边缘，透过正门的光亮，正午时分，阳光刺目，我看到了那个盲人（之前排队时，我注意到了他，他排在我前面，当时我想，他是怎么找到自己应该光顾的那个窗口，怎么找到窗口的准确位置的呢，我注意到，银行出纳给了他一些细微的提示，往右点儿，往左点儿，先生——他找准路线之后，才往前走去），不过接下来，我被我的窗口叫了过去，我把单据放进小小的金属取钱口，忘了那个盲人的事，直到我数着钱，回到银行门口时，才看到他一脚踏空。他的双脚扬了起来，脚上穿的是橡胶网球鞋，是你常能看到老人穿的那种、把地踩得咚咚响的白色运动鞋，然后他就脱离了我的视野，我愣了片刻：刹那间，我想起这个盲人叫哈林顿，他是在游艇上抹密封用的封泥时，因为封泥挥发出来的气体突然引燃大火才变瞎的（这个词合适吗？）。他是河下游那家造船厂的老板，在那儿有套豪宅。我出了门，来到台阶那儿，只见人群围拢上来，他们留意着脚下，避免踩到他的脑袋周围的那摊暗红的血。不知何故，我站在那里，不想下台阶，这时有个女孩——也许有十四岁，也许有二十岁（对我来说，这些年龄的孩子很难分辨）——瞥了我一眼。就像俗话说的那样，我们的眼神交会了。她的目光蒙眬，眼睛是深色的，也许是浅褐色的。她伸出一只手，一根手指像手枪那样指了过来，大声说，是他推的。我看到了，是那个混账推的这个人。是那个混球把这个盲人推下台阶的。还没等我挪动一下，两名壮汉就从后面把我按住了，他们都穿着保安制服，戴着假警徽。他们给我来了个结结实实的挟头动作，给我的手腕戴上了手铐。

∴

我心里涌起一股热切的愿望，我想帮助那个盲人，他嗒嗒嗒地在我前面朝银行外面走去，我心里生出一股无法遏制的愿望，想不惜一切代价地帮助他，满足他的任何需要。毋庸置疑，我要搀着他出门，领着他好好地走下台阶，走上大街。我一边数着钱，抽出硬邦邦的那些，一边朝他走近，与此同时，脑子里在搜索着这个盲人的更多信息，把只言片语的闲话归拢到一起——他就是那艘起火船只的船主，我一下子想起了他家的模样，那栋宅子大得惊人，坐落在一片五英亩左右的昂贵地皮上，大片的草皮卷草坪一直延伸到河边。我这股愿望眼看就要爆发了，我不光想抓住他的臂肘，还想摸摸它，想用双手感受一下那块棱角分明的（人身上还有更棱角分明，更突出的部位吗？）骨感凸起，不管他是否愿意，我都要搀着他走完台阶。不管他对这件事作何感想，我都只能服从内心深处的责任感，向他伸出援手，当然，正如他摔倒在地，脑袋流出一摊血之后，别人向我指出的那样，那样做，既是给我自己解围，也能满足我帮助他人的冲动。

∴

我看到那个盲人穿过银行大门时，并没有多少给他领路的想法，很少很少，就像贫瘠的内心深处一粒微小的种子。在警方调查这起摔伤案和随后引发的骚乱时，我用的词是“微乎其微”。这不是道义感，也不是分辨是非对错的判断力，或许只是一个小小的想法：要是我不肯帮助这个晃晃悠悠、向致命的第一级台阶走去的人，那么不管此人有多肮脏或多悲惨，我都会被谴责为“对他人的患难无动于衷之人”，此人正是如此，因为他身上正散发着尿骚味，上帝知道——他浑身上下都脏乎乎的。在此期间，我认出了他的面孔：这就是那个大名鼎鼎、坐拥豪宅的人，他在那场可怕的大火中受伤的事就不必说了，从那以后，他就走上了下坡路。他的脸不单受疤痕组织影响，变得丑陋——这种事倒不怎么出人意料——还有一份工人的肮脏，他脸上沾满沙子、尘垢和污痕，毛孔看起来就像渗进了车轴润滑油似的。我走上前去，试着抓住他那骨感、棱角分明的臂肘上的那块凸起，这时我不由想起沃克·埃文斯[1]的那

---

[1] 沃克·埃文斯（Walker Evans，1903—1975），美国纪实摄影大师，曾在美国大萧条期间拍摄大量农村题材照片，以简洁、精细的影像语言描绘美国社会，影响深远。

张照片：一个男人戴着被蛾子蛀过的帽子，像是刚从煤矿里上来，他紧紧攥着铁锹把，有些茫然地盯着镜头。那副备受折磨的面孔上，没有丝毫讨喜或嘲弄的神情。那是一副茫然无知的表情。那副空洞的表情里，集结了人类所有的茫然。这个盲人的表情跟他如出一辙，却让人觉得：只要拿一把指甲刷，一块熔岩牌肥皂[1]好好洗刷一番，就能把它抹掉。我一心只想把这个人洗干净，想把他带到一个可以洗澡的地方，用刷子给他刷背，洗干净他的指甲缝，用浮石磨去他脚上的硬皮，用香波给他洗头，用布轻轻蘸洗他耳朵的肉褶下面，往他脸上喷须后水，给他修剪鼻毛，拔掉长坏的眉毛，给他剪指甲，清理皮屑，梳理发亮的头发；至少朝这个方向努力的愿望，让我稍稍超过了这个盲人，轻轻推了推他，结果却让他一脚踩空，向前栽去。不幸的是，我听说，这件事有些幽默的地方：他摔跟头时，有些地方很像杂技演员和小丑。他摔倒时，是一副傻乎乎的、卓别林式的弓形腿步态。无疑，整件事很容易滋生谣言。这件事传出了各种各样的谣言：我推了他。/ 我生气了，执意要帮他。/ 我没有帮他。/ 我没走到他身边。/ 他摔倒的时候，我还在银行里数钱。/ 我朝他的屁股狠踹了一脚。/ 整件事都

[1] 一种强效洗手皂，能洗掉焦油、润滑油、油漆等。

是他为了起诉我而装出来的。/ 他有心寻死，找到了最复杂的自杀方式——复杂至此，不可能是他提前设计好的。/ 他推了我。/ 我还了手，也推了他。/ 我们推了对方，同时摔倒了。/ 他不是盲人。/ 他是个骗子。/ 我才是盲人——法律意义上的盲人，不过我能看见视野里没有颜色的大块形状。/ 我没在银行附近。我在大联盟超市里。

∴

我走出银行时，那个盲人正被人抬上救护车，救护车是厢式的那种，比起车身低矮、外形考究的旅行车式的寻常救护车，倒更像是卡车，眼看着这人被人抬上车，我不禁想到，堪称救护车直系亲属的灵车，外观样式始终没有什么变化，要不，就是有什么说得过去的理由，所以才始终维持旧貌。被人抬上救护车的是个盲人，我心想，因为有一名急救人员把他的拐杖干脆利落地放在他的身旁，不过没有放在毯子下面，而是放在那人身边，用维可牢尼龙束带给固定住了。血迹清晰可见，我听到周围的人在议论刚才发生的事，这个人头重脚轻地滚落下来，某人说，真的，他滚下来的时候，有点翻跟头或侧手翻的意思，你真该看看，这个盲人走了出来，另外那位从后面走上前来，想要帮忙，看起来嘛，就好像这人没有帮忙，而是推了他一把，接着，这个盲人就摔了下来。我从台阶下面的人群当中，看到了蓝衬衫、警徽、笔记本，一名戴手铐的男子，也可能不是手铐，而是一次逮捕好多人用的那种小松紧带，被逮捕的往往是游行示威者之类的人，用这玩意儿就是为了逮捕尽可能多的人，不过有时为了避免留下金属手铐的勒痕，也会用这种松紧带代替手铐；这名男子身穿高档西装外衣，打着领带，颇为优雅，他身材瘦削，或许有些憔悴，我感觉，他看起来很像欧洲人，他以稍显困惑的神情，望着围拢过来、竖起耳朵（如果耳朵真能竖起来的话）、想听他陈述事情经过的人群，他的视线穿过人群，直勾勾地朝我望了过来，我们交换了一个似乎心照不宣的眼神，不过我从未见过他，我觉得没有，我说不准，于是我仔细回忆了一番，因为在这座城市，你差不多每个人都认识。我不认识他。我能肯定，我从未见过他。不过为了落实清楚，我往前凑了凑，从人群当中挤了过去，来到他的身旁，我发现，他是个衣着考究的人，近看之下，他是个斯文人，整张脸上冒出一层细密的汗珠。他以一副心照不宣的神态，冲我点了点头，意思是他不知怎的也认识我，正准备思索一番，想回忆起我们有过什么交往。不过还没等他说话——因为他的嘴已经张开了——他就被带走了，警察从两边夹着他的身子，带他穿过围上前来的人群，有几个人吆喝起来，管他叫混账，说他把盲人那样推下台阶，真该枪毙，我心里一时冲动，也跟围观者一道，冲他嚷了起来：你是人世间最坏的杂种，你怎么敢把一个可怜人从台阶上推下去，更何况他还是个盲人，像蝙蝠一样瞎，像李尔王一样瞎，这般恶行怎能与所有美好的事物并存于这个世界？总之就是这样一些话，我一边喊，一边尽可能地凑上前去，所以他被硬塞进警车时，我就站在警察身后，居高临下地望着他，不过他一点儿也没有反抗。

∴

把我的造船厂赚到的一笔停泊费存好之后，我像往常一样，正要走出银行，往台阶那边走去，我摸着拐杖上的节疤，用拐杖敲打着第一片虚空（我用这个词来形容拐杖触碰不到、一无所获的空间），当然，我并没费什么心思，因为这种触碰什么的，已经变成了我的第二天性——我的大脑会把敲击声和沿着拐杖传到我手中、我脑中的震动，把这份感觉，转换成空间的维度。再者，不管怎么说，我在失明之前，就把这些台阶来回走了好多年，对它们熟悉得很，不就是六级宽宽大大的——什么？不是大理石，没准儿是砂岩——台阶嘛。我正要迈出第一步，寻找那一段落差的时候，这只手握住了我的胳膊肘，身后有个声音说，请允许我。我轻轻往后一推，说了声闪开，因为多数时候，我不喜欢别人帮忙，尤其是在我熟悉的地方和空间格局里，我对四周环境早已心中有数的时候，更何况放在我身上的是一只黏湿的手，一只湿漉漉的手掌。接下来，我从空中飞过，眼皮下面金星四射（典型的眼冒金星，也可能是大脑猛烈撞击脑囊形成的压力所致），也有可能不是在眼皮下面，而是在靠近大脑中央的后方位置。随后，我被送往医院，车身在坑坑洼洼的大街（失明之人学会的另一项本领，就是根据车子在坑洼路面的颠簸声，还有不同品牌的铺路材料和沥青，说出路名——铺路材料的等级不同，再加上坡度各异，致使各条道路天差地别）上的剧烈颠簸把我给颠醒了，在去医院的路上，我感觉有些难受，因为我的胳膊肘上，我觉得那人摸过的地方，还有一种麻木无力的感觉——他的声音萦绕在我的耳畔，请允许我。然后我接受了危重护理措施，命悬一线，出现大出血（事后听说的），太阳穴旁边还有严重挫伤。

种种濒死体验纷至沓来。我变得像天使一般，浮升起来，穿过医院的托梁和横梁，飞了出去，来到了城市上空。我被赋予了完好无损的视觉。哈德逊河是奇妙的蓝色。它从印第安角核电厂旁边蜿蜒流向西边，这家发电厂的穹顶喷涌着蒸汽。透过乳白色的夏日薄雾往南望去，只见灰色的连体细长石柱矗立在地平线上，那是世贸中心大楼；左边，帝国大厦的尖端直入云天。神啊。神啊。神啊。我看到了好多光景。我全看见了。

正是这番景象让我熬了过来，让我没有死去。这番景象——因为它如此美好、纯粹——就像我亲眼所见的一般。这让我想要感谢那个帮我下台阶的人，把我的手递给他，把面额不下一千美元的支票塞给他。的确，在大火夺走我的视力之前，我经常看到哈德逊河的广阔美景，几乎到了熟视无睹的程度，我把西彻斯特海岸质朴的风光当成了理所当然的光景。驾船本身就是颇为丰富的视觉体验，远远超乎人们的想象：总是需要调整的风帆，靠近桅杆顶端、绷紧的帆布荡出的细小波纹，向着海平线倾斜的船身。

∴

这个盲人眼看就要滚下去了——我是说，他的身子就在台阶边缘晃悠着，他甚至都没用拐杖，而是把拐杖夹在了腋下，因为他正用双手把一些钞票塞回窄窄的银行信封，塞得颇有些费劲，因为那些钱已经旧了，软塌塌的，就像母猪的耳朵（或者说，就像羚羊皮一样软）。他往台阶走的方向有点偏，就快走到又陡又窄的台阶坡面了——修建这东西，就是为了让人从街上看过来的时候，有庄重气派之感。我在建筑行当浸淫已久，身为一名擅长查找建筑缺陷的工程师，我注意到整个场面有欠协调，包括这个朝台阶走去的男人，我就在他身后两英尺左右的地方。然后他摆了个凌空悬停的姿势，一动不动地停在那儿，他的绉条布套装在臀部周围皱得厉害，衣服后背上有一大块黄渍（过冬之后把沾满蛾粉的衣服拿出来，就会有这样的污渍）。我认识这个人，虽然不知道他姓甚名谁，但我知道，他是老造船厂的老板，他遭遇过一场可怕的意外（据某些人说），或者做了一桩蠢事（据另一些人说），他在涂抹一种黏乎乎的化合物时，点了一支清淡型骆驼牌香烟，结果搞出一大团暗蓝色的火焰，吞噬了他的船和他的视力。作为一个离婚男人（尽人皆知），失明的他总是透出一股落寞；我是说，这份落寞处于失明之外，或者说，已经跟失明融合到了一起。要是你肯努力尝试，就能把他的这一面给拽出来，就像棱镜分解光束那样，把它给分离出来，那你就会从中辨认出他的妻子贾尼丝，她已经改嫁了，有时能看到她在学校正门那儿接孩子，她离开他，不光是因为他失明了（以她的人品，你会觉得恐怕不止是这样），或许还有更扎实、更明显的理由，其中之一就是他的臭脾气。有人看到过，他拎着一把锤子，朝他最后一艘船走去，那是一艘带蓝边的小游艇——他目不视物地摸索着船身，拿锤子砸破了舱壁，之后有个船厂雇工从后面抓住了他，这才制止了他。据说，至少过去五个男人，才让他冷静下来。他反抗起来就像个瞎子，用拳头去抓取空气，逮着什么踢什么，抓住哪儿就撕扯哪儿。也许就是这一点，这种暴力倾向——或者说，是有关这种暴力倾向的传闻，这则传闻已经变得比他还要出名——让我停止了行动。据说，他讨厌各种形式的帮助，讨厌得要死，要是你伸出援手，攀上他的胳膊肘，他很可能会拿拐杖敲你的脑袋，他甚至还在我们这个美丽的城市街头，狠狠敲打过一台引导视力缺陷者过马路的警报设备。没准儿他会拿拐杖砸我的脑门，这种担忧遏制了我的动作。我什么也没做。我等了半秒钟，听任他迈出了那一步。就在他摔下去之前，我的确喊了一嗓子，以示警告。我妻子说，那是一声短促的尖叫，就像气球漏气。只见他头重脚轻，身子扑到了空中。我站在台阶上，有些挪不开步子。我下了台阶，搂住他沉甸甸的脑袋，语气沉稳地说，快打 911。我心里想的是，你不会用拐杖打我了，你不会再伤害任何人了。但我嘴里说的是，你会没事的，伙计。一切都会好起来，老兄。你现在还不能昏过去。坚持住。挺住。救护人员已经出发了。很快就到了。别动。一点儿也别动。保持清醒，放松呼吸。放松呼吸。别昏过去。千万别昏过去。再过几分钟，他们就把你接走了。

从桥上吹落

有辆小轿车被风从桥上吹了下去。他是在新闻报道中听说的，不过他想不起这件事的具体发生时间了——现在，这条消息变得跟以往的其他新闻毫无二致，只是一条不祥的警示而已。一辆丰田小轿车在狂风大作的那三天里，被风从桥上吹了下去。（这件事发生时，日本小轿车还是新鲜玩意儿，好多密歇根人耸耸肩膀，说："瞧见没，买那种小破铁皮盒子，会出什么事？"）

一层薄薄的落雪从两大汹涌水域的交汇点上漂过；它盖住了潜藏在下面的水流。他想象着，那辆车漂浮在水面上，顺流而下，像天鹅那样，一头扎进冰封的水域。

这些水流在两个大湖之间，在麦基诺水道附近彼此较量着，它们轰然流过圣伊格纳斯，汹涌滂沱地冲过九哩岬沿岸。她坠入其间的，便是如此超乎想象的凶猛水流，她的头发高高扬起，宛若天使，她的面孔陷入了恐惧，之后便是一副优美的神情（她只用了五秒钟左右，就掉进了水里），或者你怎么形容都行，因为她是第一次，没准是多年来第一次，完全平静了下来，几乎感到一阵欢愉。轿车撞击着激荡的水沫，竖直停留在水面上，然后像沉没的大船那样，往一侧倾覆过去（或许有人会说，这挺浪漫的），水从橡胶密封条、缝隙中灌了进去，简直无孔不入，然后水面上冒出人们再也无缘目睹的巨大水泡，她就这么消失了。所有这一切，只是不到两分钟的事。有人把车停在狭窄的桥面上，这座桥是全世界最长的吊桥之一，他们勇敢地伫立在风中，俯瞰着幽暗的水面。他们挥着手，指指点点，在汹涌的水流、落雪、夜色中，什么都找不到，他们自以为方才看到的是挡泥板的反光，车上某个部位露出的一星半点，可现在已经彻底看不见了——风雪迷人眼目，教人什么也看不清。

∴

那天，她去下半岛[1]见X，后者在特拉弗斯城经营一家食品超市。这对情侣出去开车兜风，车上只有他们俩。当时，他

[1] 也作下岛，位于密歇根湖与休伦湖之间。

们把他的黄褐色雪佛兰“新星”停在使命岬[1]的尽头。看到他们了吗？她男朋友把裤子褪到脚踝，她把衬衫拉过肩膀。傍晚，天色昏暗，天气恶劣，狂风大作，把车晃得咔咔直响。他们的喁喁细语很像广播里的杂音，他们许下的誓言在静电杂音上飘漾着，其主要用意不是别的，而是取悦耳膜——他从她胳膊上的鸡皮疙瘩看出，他喷洒在她耳边的呼吸让她感到兴奋，她把嘴唇抵在他脖子上说的那些话，根本没有传到他的耳际，不过他还是感觉到了它们，感觉到了唇舌绵软而潮湿的翕动。正是这辆处于恶劣气候中心、窒闷的车里的孤独和欢愉，把我们给逗乐了，把我们给吸引了过去，让我们希望有办法把她从车里拽出来，警告她即将面临何种命运。在沙滩二十码开外的地方，密歇根湖剧烈翻腾着，那股暴躁的劲头就像让超级油轮葬身大海的力量一样凶猛，可他们却在翻云覆雨，在寻找抓握的地方，在用他们的手指试验新的路线。再过几小时，外面怒号的狂风就会把这姑娘的车子从桥上吹下去，可现在却让他们觉得，人世间仅有的安慰、愉悦和安全，就在他们的肢体纠缠里，而外面的世界正在喷吐着地狱之火。

“嘿，我爱你。”他说。他们俩在车里穿好了衣服。他蜷着

[1] 特拉弗斯城北面突入海湾的半岛。

腿，得把屁股左摇右摆，才能提上裤子。她扣好文胸的搭扣。激情过后，他们觉得车里有点冷。

∴

去年夏天，她在接待游客的宾馆里当餐厅女招待时，他是打杂和洗盘子的。他看到，她用一块亚麻餐巾擦拭一只玻璃杯边缘的肥皂沫，她拿杯子的动作透出一股灵敏劲儿，她那十分白皙的小小手指在杯子边缘转动着，吸引了他的目光。他从那些手指一直看到她的胳膊，看到她颀长、苗条的侧影，看到她的脖子；她甚至没有朝他转过脸来，而是把脸侧转过去，正对着高高的窗户，深夜的灯光透过打开的窗户照了进来。这就是他们的工作：在夜班结束后，为迎接早餐做好准备。上了年纪的客人坐在外面的大堂里，轻声细语地交谈着。有人正在登上老旧的楼梯，踩得木头台阶吱吱呀呀地叫了起来。这家宾馆就是这么破旧。多年以前，海伦·凯勒在做巡回演讲时，曾在这里下榻。然后他望着她脑后乌黑的秀发，它别了起来，在脖根儿那儿打着卷儿。后来，在葬礼上，站在空空如也的棺材跟前，他回想起了最早的那个夏天。对 X 来说，那时，坠入爱河是件相当容易的事。“我他妈很清楚，我坠入爱河了。”当晚，他在栈桥尽头抽着烟，跟一位朋友这样说道。那种感觉，就像一份颇为深挚的爱，就像从流经小特拉弗斯湾，汇入大湖的那片宁静、波光粼粼的长长水域反射过来的一般。

是她拿杯子的那种方式吸引了他；她孤孤单单的，同一班的其他人一小时前就走了，她却留了下来——据他推测——为的是完成摆台的工作，好多挣五块钱。

“别走，”他在车里说，“我是说，留下吧。有什么大不了的呢。你家老爷子又不会，嗯，我是说，他又会怎么样呢？”

她亲了亲他的脖子。“我父亲需要我回去……”她难过地说，从他身边挪开，坐了一秒钟，然后开始扭着身子，穿上长长的绿外套，而他猫着腰，挥舞着胳膊，用手掌的侧缘抹去蒙在风挡玻璃上的一部分雾气。所有的车窗玻璃都蒙上了雾气。他把自己这边擦干净之后，又弯下腰，越过她的膝盖，把她那边擦干净。然后他默不作声地爬进后座，拿一块旧抹布，用力地划着圈，把后车窗也擦了出来。

“对不起，我不是故意要提这件事的。”他用令人信服的口吻说。他撒的谎通常无伤大雅，都是吹嘘他的体能如何如何（他说自己差不多能跑五英里——他做不到；他说自己能跳六英尺高——他做不到）。

“你就是故意的。”她在自己的座位上坐直身子，把橡皮筋箍成一个环，再次抬高双肘，扎起马尾辫。他把手拢过去，抚摸她颈背的头发——想起了，也可能并未想起，他第一次见到她时的样子——他的两腿有些紧绷的感觉。

“不，我不是，”他说，“不，等等，我没说实话。我确实想提这件事来着。”他把手拿开了，把双手都搁在方向盘旁边。“我想提这件事来着。没错，我有点受够你家老爷子了。我是说，他这样顽固不化，是不是有点过分了……我是说，看在上帝分上，你已经是符合法律规定的成年人了。你又不是他的私有财产。”

他转动钥匙，引擎的轰鸣让他感到舒心。昨天，他在车库里，在车底下待了一整天，只用一个小暖炉保暖。他的指甲下面还留有从承油盘擦掉的沙砾。他还用一只老式的火花塞间隙规，调节了引擎的喷油定时；他还拿一块干净的布头，把火花塞给擦了一遍。

他第一天晚上感受到的那股爱意，在他跟好兄弟说过之后，延续了数月之久；他们试探着外出约会——他们去了皮托斯基市的一家名叫“煤气灯”的电影院，那里在演《大白鲨2》，当时，这部电影已经上映了一年之久。甚至在去上半岛见过她父亲几次之后，这份爱意也丝毫没变，依然熠熠闪光。他父亲的房子搭在大块的灰色炉渣砖上，不过是一座抻长了的简陋窝棚，有个铁皮屋顶和一个泥泞、像是被狗啃过的前院，散落着各种常见的垃圾：旧车轴、一套分速器箱配件，还有一样东西，原先大概是一片瓦垄铁皮，如今看起来就像一只落满灰尘的蕾丝椅罩。边上是柴堆和劈木头的桩子，一把斧头深深地嵌在桩子上。

“你不爱我。”她的话里有平板的鼻音，这种腔调确实不怎么吸引人，哪怕对听习惯的人来说，也是一样。

“我真的爱你。”他轻松自如地倒车，反着转了个K字形的弯。停车场边上，风把沙子吹得漫天飞舞。路标在风里摇摇晃晃。他打开了暖风。

“我父亲是个好人，”她说，“他尽可能地支持我们，你知道，这能说明问题。”

“他一点儿也不喜欢我。”

“他只是不想让我留在这儿过夜。他想知道我在哪儿。嗯，其实是他离不开我……”

“那就给他打个电话嘛。”他把车开上大路。夏季里，到处都是果树、农舍、被风吹过的金色草场，这些光景的另一侧，是碧蓝色的密歇根湖。哥哥丹尼在越南阵亡之前，常带他来这边游泳。那时他还小，不记事，不过他有张照片，是带白边的那种老照片，照片背面的“柯达”字样旁边，加盖着整洁的日期红戳。照片上，他哥哥站在沙滩上，一副仲夏时节的棕色面庞，穿着一件白色T恤。他像夹橄榄球似的，把弟弟夹在一侧臂弯里。

他把车开出使命岬，驶入特拉弗斯城宽敞、遍地积雪的大街。道路两旁的厂房似乎褪去了色彩，街上没有什么动静，只有两辆皮卡在一家小旅馆对面停了下来。干燥的雪屑撒满街道。

“我只想说——我只想说，我觉得，你正好可以趁这个机会，留下过夜。”

他被她同意留下的想法给迷住了。他醒来时，她会待在他的怀里，屋外会透进新雪的淡蓝色亮光；温柔的沉默停留在商场楼上的房间里，停留在椽子旁边。之后他会再次与她共赴鱼水之欢，不过这次欢爱过后，他们躺下时，心里会怀有初次一起过夜的情侣心里特有的狂热激情和大胆希望。他从未跟哪个姑娘一起度过整个夜晚，他依然觉得，不管怎么说，这都是一件神圣的事。人在睡觉时，会做出一些本人压根不知情的隐秘动作。他把车停在商店前面，感到心里涌出一股迫切的愿望。他想说些恳求的话。

他说:“我想让你留下。我想要，嗯，我觉得，我不得不求你留下，不过我不想求你。就是这样——嗯，我知道他会发火，也许你最好在这儿多住几天，或者，我不知道，我是说，你干吗不搬过来跟我一起住呢？你可以在店里上班。我需要帮手。再说，看在上帝分上，天气这么差，你不应该在这种天气开车。”

“不行。”她说。他熄了火，在这阵沉默中，能听到狂风从西面席卷而来，怒号着冲过一栋栋楼房——干燥的白色雪粒砸在金属上，划得嘶嘶响。

∴

驱使她离开，回到那座桥上的，是她父亲的个性，还是暴力？他始终没有弄清。当初，他迈过上半岛那栋房子的门槛，看到的是一个戴着松松垮垮的老花镜的男子，穿着一件款式过时的凸纹汗衫，那双毛茸茸的胳膊上，不乏户外劳作的痕迹。她父亲干的是零活，拖运木料，劈木头，这个萧条的地方有什么活儿，他都揽过来干，就这样勉强维持着生计。他说起话来轻声细语，但语气坚定，让人觉得他是从大北边过来的，没准儿是加拿大。他的口音里有一丝法语腔。

“你是做什么的，孩子？”她父亲问。他适时地提出这个父亲的问题，但远不像他的其他女友的父亲问得那么严厉。

“我在特拉弗斯城经营一家食品超市。”他说。

他答话之后，有好几秒钟的沉默；这座房子漏风，屋里冷飕飕的。那是个秋日的傍晚。电视里正在播一场橄榄球赛，英国狮子队，电视机的声音调得很低。“那就好。起码你有工作。”他吮着啤酒说，他没把易拉罐斜着拿，光是吸光了从开口里面冒出来的泡沫。

“狮子队很烂。”

“可不是嘛。”

“他们今年更烂，因为他们试验起了那些新阵型。”

“是啊。”

他们又聊了一阵儿橄榄球，然后两人借故离开，出门透气。公路绕过了州属森林，林地大多重新栽种了排列成行的松树——这些队列纵深绵长，错落有致，所以他俯瞰这些松树时，有种漫无穷尽的奇特感觉，他觉得这些欧洲赤松仿佛绵延无尽，却又眼看着延伸到了尽头。

“我爸话很少。”她说。他看得出，她想说的是别的事，但她不肯说。松脂的气味挥之不去。秋天来得这么快，让他感到愉快。游客们纷纷离城而去，他在超市的工作节奏慢了下来，很容易应付过去。

“你应该过去跟我住。”他说。是那段开阔的公路，是他们在陈旧水泥路面上的脚步，让他说出了这么一句话。

“我不能就这么撇下他，”她说，“我解释不好，不过他的状态并不稳定。我不知道他离了我会怎么样。”

他们走到下一条入林通道——灰褐色的土路延伸到一面菱形粗铁丝网墙跟前，铁丝网墙上挂着一块白色的牌子，上面写着州属森林管理规定。“我妈去世后，我多多少少充当起了……”她只能把话说到这里。她搂着他的脖子，吻了他。“来吧。咱们在这儿做吧。”

“在这儿？”

“对，为什么不呢。这儿没人来。人们要进树林的话，会从南边走。就是护林员也不会到这儿来。”

于是他们做爱了，后来，葬礼过后，第二年夏天，他会想起这场谈话的戛然而止，她像孩子一样吊在他脖子上的样子，她包裹在紧身牛仔裤里的肉体的触感，她把双腿紧紧箍在他的身后，向后躺倒在厚厚的松针和苔藓上；那天挺冷，而他们的肉体触及的地方，似乎散发出异乎寻常的热量。他的高潮来得很快，搞得他大为疲惫，而他在来的路上提出的那个请求，让她过去跟他一起生活的那个请求，则消失得无影无踪。不过当他来到沙滩上，独自待在他觉得是哥哥把他夹在臂弯里的那个地方时，森林里的那一刻变得重要起来。倘若他不会让自己对真相和答案的探寻，削弱他的欲望、他的爱，以及是松树的树梢将天空支撑在他们的头顶上方这样一种感觉，那他会问出多少问题，发掘出什么样的真相啊。后来，他在沙滩上思索着：爱与真实互不相容；爱会把你身上的真实夺走。

在苏圣玛丽市的一家殡仪馆举办的葬礼，场面有些古怪，这倒并没让你感到意外，因为，当然，大家都没从悲痛中缓过劲儿来。选用的是一口朴素的松木棺材，唁客们可以把她生活中有代表性的纪念物放进棺材里；有她扎头发的发带，是些小绺的黄色和蓝色发带，是她的姨妈格蕾丝放的；还有她高中穿的栗色字母运动衫[1]，字母是个毛毡质地的大号K字，代表卡尔卡斯卡校队，还有一块银色翅膀奖章，那是她有一年跑越野赢来的；棺材里还有她抱过的娃娃，她弹过的Ovation牌吉他，吉他弧形的底端掖在红色绸缎衬里的角落里。它看起来有点儿怪，有点儿像尸体。

“你放了什么进去？”她父亲问。他瘦了，下巴颏透出憔悴，那儿的肉看上去就像被拽了出来。几个月后，他就患上肺癌，去世了——窒息状态持续了两个星期之久，他左边的肺垮掉了，右边的肺几乎丧失了输送血液和氧气的功能。

“什么也没放，”他说，“我想不出放什么好。你放了什么？”

---

[1] 指饰有大写首字母的运动衫。

“我把她的吉他放进去了，还有她母亲的结婚戒指，还有几样别的东西。”他柔声说，然后他走开了，回到签到本旁边的位置上，慢条斯理地抽着一支烟。

∴

“把你的手从我身上拿开。”她说着，把他推回前座他的那一侧。他的反应，只是轻轻推了她一小下，真的。

“怎么回事？我是说，我不明白。我只是求你在这儿待一晚上而已。”他想重新恢复平衡，做一番解释，把刚才的轻轻一推撇到一边，但这个解释并不充分——也不可能充分，他马上就意识到了。

“你打我。”她说着，下了车。

“我没打你。”

“你推我。”

“听我说，我只是太失望了。天都这么晚了。快几点了？两点了吧？你还要开三小时的车，你明明可以打个电话，编个借口的，就说下雪什么的就行。”他跟着她，来到她那辆日本小轿车旁边。车顶上落了一寸厚的积雪，这让它看起来显得更小了。

这时她哭了起来，她的钥匙在锁眼里晃动着，雪从车门和车顶上落了下来，像瀑布似的。

“你最好把雪清理干净。”他说，不过她钻进了车里，带上了车门。还没等她把车门锁上，他打开车门，探进半个身子去。在那个阴暗狭小的空间里，她显得冷淡而瘦小，只有仪表板微弱的棕绿色灯光照在她脸上；她发动引擎，四个汽缸松垮无力的响声让他缩回了身子，然后她打开了车灯——他身后的风变猛了；雪变密了，轰击着他的耳朵。

“对不起。”他说，他尽量让自己的声音保持平稳、镇定。他只对她用了最小的力道，她也还了手：他知道，在这个方程式里，他的行为有些十分敏感的地方。他感觉到了那个答案；他认得那个答案，不过在当时那一刻，他找不到它。他就像在课堂上拿着粉笔走向黑板的孩子，心里明知那道方程式怎么解，却心慌意乱，无从下笔。

“你他妈的推了我。就是这么简单。”她说。雨刷启动了，缓缓摆动着，几乎没法清除前车窗上的大片落雪。

“对不起。我说了对不起。真的，我很抱歉。我只想让你留下。”他在车门那儿弯下了腰，下巴碰到了她的大腿。

“我做不到。现在不行。尤其是现在，更是不行。”

他想起她在旅馆餐厅里，把手放在那只玻璃杯上的样子；

他站在那儿，望着她驶过街道；一辆撒盐[1]车从道路另一侧驶来，用旋转的黄灯照亮了她的行驶路线，往外喷撒着岩盐。公路依然清晰可辨。这年的暴风雪才刚开始下。他在等待着什么，等待着刹车灯的一下闪烁，好让他知道，她心里在想着他。

葬礼临近结束时，他和她高中时的老朋友吉姆来到屋后，吉姆卷了根大麻烟，准备走了。他们躲在一棵大枫树背后的积雪里，美滋滋地吸了几口，然后聊了起来。

“她老爹是个怪人，”基姆承认，“没错，关于她和他，人们有过一些奇怪的流言蜚语，不过都没得到证实。她妈一向郁郁寡欢。据我所知，老两口试着分居过几次，不过，流言终归是流言，我估计，没人知道真实情况究竟是什么样。”

∴

翌年夏天，他在沙滩上思索着种种因素，他的脚趾往下挖去，从温暖的沙子下面，发掘出了那天夜里的寒意，它依然驻留在这里。或许当初，他真的可以使出力气，把她从车里拖出来，拽上楼，把她带到自己的公寓，硬逼着她留下；也许只要

[1] 指为了预防路面结冰打滑而撒的路盐。

使出这份力气，她最终就会向他屈服——两人就会在不知不觉中欢好起来。他们会在寒冷的房间里醒来，在椽子上落得有半英尺厚的柔软积雪的包裹中醒来。他会起床，下楼开门迎客，给她留个字条什么的——乞求，毫不含糊地乞求她的原谅。或者跪倒在地，他也许会找到合适的方式，恳求她原谅他推她的那一小下（那只是轻轻的一推，也许根本是无意的）。也许只要提问得恰到好处，就能把她父亲的事撬开一角，就像用刀子划开熟透的水果一样轻而易举，或许接下来，她就会向他和盘托出。然后她就会上楼，到他的房间里去，跟他睡在一起，陪他过夜。他会亲切和蔼地听她讲。他会敞开胸怀，接受她讲的事。天上会不断落下鹅毛大雪，屋外，风停之后，深深的岑寂会将万物拉到近前。到了早上，她停在街上的车子会被厚厚的积雪覆盖，他会帮她把雪清理干净，用刷子把车窗扫净，把挡泥板上的雪踢下来，他会在后面推车，推到她把车开上路面为止，帮她用力推最后一下，直到轮胎抓住裸露的路面，直到她安然无恙地启程上路，返程驶向麦基诺桥，届时这座桥的桥面已经排除了积雪，桥面干燥，留有白色的盐粒，以优雅的弧度跨过一条条笔直的水道。

基督造访

简在密歇根州特拉弗斯城市区的一家超市上班，此地主要以品质绝佳的樱桃和樱桃制品，还有每年一度的樱桃节闻名。近两个月来，她在跟超市的老板 X 约会。他是个勤劳能干的中年男人，瘦瘦的脸庞上，长着漂亮的蓝眼睛，起初，他待她有些拘谨，甚至后来也是如此。他们第一次接吻之后的几个星期里，他似乎不敢抚摸她脸蛋以外的任何部位。他们一起在储藏室喝咖啡，坐在装罐头、没拆封的瓦楞纸箱上。他笨嘴拙舌地找话说，一边动脑筋一边搓着双手。他的第一任妻子在多年以前，在瓦隆湖[1]上的一桩离奇船难中丧生。他只泪眼蒙眬地说过一次。他住在一家面包房楼上的小公寓里，要走一段摇摇欲坠的木头楼梯上去。他们也去那儿喝过咖啡，坐在后面的台阶上，享受着晚风。他们还一起去使命岬散步，享受二人时

[1] 也作沃伦湖，密歇根州较大的湖泊。

光。时值初秋。为了避寒，游客们早已散尽。他话不多，不过这无所谓。她喜欢他的沉默。她拉着他的手，抚摸着他指关节周围的细纹、指头肚周围的硬茧。他吻她的时候，她用手揽着他的颈背，努力抚慰他的痛苦。就这样过了一个月。散步、喝咖啡、牵手、接吻。有一次，他期期艾艾地说：你这么漂亮，年纪轻轻，只有二十四岁，就像天使一样，来到了我的生活里。她的确漂亮，长着金色和蜜色的长发，嘴唇圆嘟嘟的，比什么都柔软，还有一双褐色的大眼睛。那天下午，她双手捧着他的脸，让他沐浴在吻里，一直吻到他敞开的衬衣领口。

店里的生意闲了下来，淡季通常如此。她扫地、补货，他查对账目，收听广播。她隐约能听到计算器按键的滴答声。偶尔，他停下手中的活，望着她，露出微笑。

她给他讲过自己的大致经历。十七岁那年，她嫁给了鲍勃·卡尔，她在高中的心上人。后来他去参加海湾战争，回来时变得怨气冲天，脑筋不清不楚，他说自己感染了沙漠真菌，病得厉害。他整天在身上挠来挠去。她讲得言简意赅，不想让过去的阴霾影响这个温柔、恬静的男人，不过她暗示说，她的第一任丈夫从战场回来之后，就像变了一个人。他有家庭暴力倾向，她说。她搬回了波波市的父母家，去附近的社区学院读了两年书。后来，有一天下午，鲍勃开枪自尽了。之后没过多久，仿佛是对这桩惨事作出回应，她的父母都在一起车祸中丧生。于是她往北走，来到特拉弗斯城，在这家超市找到了工作，跟 X 一起共事。

一切进展顺利，此时已是密歇根州的隆冬时节。12 月 3 日，他们在他的公寓里，在干干净净、散发着浆洗气息的床单上做了爱。她回到自己位于酒馆楼上的那间公寓，做了祷告，乞求宽恕——她在自己的住处孤身独处时，满怀虔诚，伏低身子，把双臂叠放在柔软的绵绸床罩上。就在这样俯卧时，她听到一个细小、颤抖、窒闷的声音，透过楼下酒馆的喧闹声，透过墙壁，传了过来。是基督在说话。他召唤了她。她飘升到了天堂，他就在那儿，坐在一把扶手椅上。他相貌平平，鼻子像拳击手的鼻子，断过鼻梁，软骨有道弯儿。她尽量不直勾勾地盯着他看。他的双眼是玛瑙色。皮肤泛黄。有点口齿不清。他头上的荆冠扎进了黄蓝两色的一头乱发里，头发细若游丝，发型是蘑菇头。为了把想法表达清楚，他说起话来字斟句酌。

“我亲爱的，”他开了口，“你正在约会的这个人。这个 X，”他说，“我必须跟你谈谈。”

“是的，吾主。”她直视着他的双眼说。

“我把你带到这儿来，是为了保护你。为了向你授予恩慈。为了给你，嗯，呃，一些信息。”

“是的。”她只能这样说。她没想到，他会如此富于人性，如此质朴自然。他抬起手来，想要揉揉鼻子，又觉得此举欠妥，便忍住了。

“你即将迎来黑暗，在你目睹暴力，遭到玷污之前，我想让你，呃，引起注意。他的大衣箱，或者床脚箱，甭管叫什么名字了，里面有东西，你应该看看。要多加小心。那种事会发生在你身上。然后你务必回我这儿来，咱们讨论一下——我该怎么说好呢？——下一步的行动。”

他将她降回凡间，廉价公寓的床垫软软地接住了她坠落的身躯。酒馆的喧闹，一首老鹰乐队歌曲（《加州旅馆》）贝斯曲段的重音，伴着一百支香烟燃尽之后的沉闷余味，还有偶尔响起的台球被打散的刺耳咔嗒声，从下面传了上来。

次日下午，她从储藏室门后的钩子上偷到了他的公寓备用钥匙。她的情人要跟罐头供货商见面，他拿着带纸夹的写字板，在外面盘点存货，她离开时，谎称要去药店买点私人用品。他的公寓开着暖气，有些气闷。下午的阳光从窗外照射进来，有些灼人。那只床脚箱漆成军绿色，一侧印有他的名字，用的是白色印刷体字母，箱子开着，她一眼就看到了那些东西，摊开的杂志。男孩和老男人在一起，双腿摊开，嘴巴大张，透出痛苦、侵犯、尖叫，它们悄无声息地消失在这个午后，却在她的耳朵里，在飘浮在午后阳光中的浮尘里响了起来。有个男孩的嘴巴被塞住。另一个双手反绑在背后。哦，哦，她说，双膝瘫软，摔倒在地。密歇根州这个地方的寂寥攫住了她。她感到X填满的一切，所有那些孤独、父母双亡的失落、她的灵魂，又重新变得空落落的。她感到自己的肠子仿佛绞了起来，痛苦地撕扯着头发。她没回店里，而是回到自己房间，躺了下来。楼下静悄悄的，下午的酒吧里，只有两名流动工人在啜饮着啤酒，望着烟卷冒出的袅袅青烟。她躺了很久。起居室的电话响了，电话答录机启动了，咔嗒作响，然后是“哔”的一声，她听到了X的声音——温声软语，透着担忧。电话又响了——她从睡梦中醒来，侧耳聆听；答录机“哔”地响过之后，传来冰冷得让人战栗的傲慢声音，那是魔鬼的声音。她马上就认了出来。它绕着舌头打转。它嘶嘶作响。它是静电干扰和放电的声音。它是密歇根湖凌晨两点吹来的风声。

当晚，她在超市，用一把开箱刀杀死了X，先是直接捅进他的气管，然后拖着刀子往下划，再往侧面划，像她父亲给鹿剖取内脏那样，剖出了他的内脏。人们在储藏室里发现了他，他的脑袋轻轻倚在一袋预先筛好的面粉上，两腿大张，裤子被褪。当然，警方首先怀疑到了她头上，在跟几名当地人谈过之后，他们展开了搜捕；但她蒸发了，她在密歇根州北上，钻进森林，掩饰行踪。

她在霍顿县的一家旅馆里，从高处眺望着苏必利尔湖，狂风怒号的正午时分，湖水呈铬蓝色；她跪伏在床上，祈求宽恕，这时基督再次召唤了她；这次他穿着格子花衬衣，得了感冒，尽量忍着不吸鼻子，他膝头放着一盒纸巾。

“你没听我的话。”他说。他那轻松、不带感情色彩的语调让她感到意外。“我跟你说过，要来找我，在你采取下一步行动之前，先跟我谈谈。”

“我没时间。”她直视着他的双眼说。他的头发长长了一点儿，他得甩一甩头，才能不让头发遮住自己的脸庞。

“啊，这个世界就是这样，”他说，“谁都不愿意回我这儿来，把事情谈清楚。总是先做了再讨论。”

“对不起。”她说。

“都怨天气不好。”他这话像是冲着别人说的，冲着她身后虚空中的某个人说的。“它简直要把每个人逼疯。我是说，就连我都得了船热病[1]。”

“那，我被宽恕了？”

“嗯，我要研究一下。我是说，我会考虑一下的。”

[1] cabin fever，也作舱热症，症状为因隔绝在狭小空间内而感到烦躁不适。

这一次，还是有一张廉价的床垫，为她的坠落提供了缓冲。她躺在床上，留意聆听警笛的声音，却只听到湖上吹来的风那冰冷的刮擦声。隔壁的男人在喝啤酒，说笑，闹出不小的动静。她睡着了，第二天，她听到魔鬼咝咝的声音跟风一道，从门下面的缝隙传了进来。

“既然他得考虑一下才行，那你得跟我走。”他说。

“哦。”她眨眨眼睛，坐了起来，用手臂护住胸部。

“我是说，现在谁有时间了呢？”

“我想，我没有。”她说，但她不确定。

∴

她那样的人随处可见，被人杀死、奸污、撕碎、痛殴。这次，咱们不妨开诚布公。最后她没跟说话像风声的魔鬼一起走，也没跟基督一起走，基督花了不少时间，最后决定暂且宽恕她。旅馆的侍女发现了她的尸体，她蜷缩着身子，双腿抵在肚子上，身上穿了一件小小的蓝色睡袍；她戴着一根吊袜带，还穿了件小小的连衫衬裤，是隔壁的男人要她穿的，后来另一个男人听到这边搞得热火朝天，也过来加入其中；她的皮肤就像那天早晨湖泊上方的天色一样苍白，她的双臂上上下下都是针眼，那是注射了两年高纯度海洛因的结果；她的阴道有擦伤的痕迹，法医认定是强奸所致。这位好医生拿小手电照着她的眼睛，检查她的瞳孔，注意到了其中的美丽——她那了无生气、一动不动的眼眸中，混合着冰晶般的白色和蓝色；他想起了自己十五岁的女儿，她仍然会拥抱他，他的爱似乎能够保护她，但他并不愚蠢，他了解世界，这个世界，他的这个伟大的国家，能吞噬掉任何东西，绝对能吞噬所有一切。

彼得鲁什卡［有删节］

一位钢琴家大为惶恐，因为他在演奏舒伯特的一支奏鸣曲时，右手僵住不动了，变得沉重起来，在弹奏行板乐段时，漏掉了好几个音符，观众席上传出一阵窃窃私语——伴有愠怒的喉咙发出的尖声咳嗽。突然间，一切都分崩离析了，他的掌控变得犹犹豫豫，他的技巧、才能与或许称得上天才的东西缔结的同盟崩溃了。观众陷入了愕然的沉默，从一片听觉的黑洞里，又冒出几声紧巴巴的咳嗽。正如多数人已经知道的那样，他的盛大庆典，庆贺他从莫斯科凯旋的演奏会，已经毁了。你们当中或许有不少人已经猜到，那天晚上开始出现的恐慌并未消退。他的手指——用他的职业术语来说——依然沉重。那些——我承认——正是我的手指。

∴

凯霍加河[1]上的那些桥已经锈迹斑斑，有些已经垮塌，其余的介乎两种惨状之间，有的低垂下来，供列车驶过，有的果断地升起，供运输矿渣的驳船穿过。为重温往昔的时光，我进城时坐的是特快列车，我在车上为住院的父亲祈祷着；我祈祷着，或者说，我是在尝试着祈祷，但我说不清，除了在弹奏巴赫时感受到的东西，自己是否还相信别的什么。但我还是念念有词地说：愿上帝赐福给我的父亲（您当然知道他，也许您还听过他的演奏，他担任过爱乐乐团的圆号首席），赐予他什么都好，赐予他在天堂的一席之地吧；允许他追求某种永恒的音乐吧，然后我睁开眼睛，看到了列车的车厢，车厢蒙着煤尘，沾着冬天的泥巴，塑料座椅是橙色和淡棕色的。我到医院的时候，多少希望能看到父亲在朝呼吸器的面罩呜呜嘘气，或者手指在抽搐，在演奏一小段复杂的指法。结果，我看到的是一个刚打完第二针吗啡的男人，这已经超出了止痛所需的剂量，把他变得神采奕奕。他用嗑药后的那种轻松愉快的口吻说：正像我以前说过的那样，儿子，你弹奏的范围太广了，儿子，他

[1] 俄亥俄州的河，流入克利夫兰的伊利湖。

说，看在上帝分上，你弹奏的范围太广了，你应该坚持弹奏一两位作曲家的作品，别把它们撇开，要探明一个领域，把它彻底摸透，要像，你知道，北极探险家那样，耗费数年之久，只求抵达一个地方，再活着回来。

∴

［此处删去：他不同意父亲的看法。当然，他不会在医院的病房里与之争辩。用整个音乐生涯去演绎一两位作曲家的作品，这样做未免像是崇拜到走火入魔，或者太过虔诚；他可不是什么虔信之辈。当天晚上，晚些时候，他父亲去世了。没有什么戏剧化的地方。之后是一连数日的安排——殡仪馆、牧师，然后是葬礼，有几名克利夫兰交响乐团的退休成员出席。他刚回纽约，就在麦迪逊大道上见到了安托瓦内特，那儿离她住的那栋楼不远。如果某人在去世之前，跟你讲了一件事，他说，这件事就会粘着你不放，就像某种残渣余孽——这个词对吗？——你没法，至少我做不到，耸一耸肩膀，就把它甩掉。她转过脸来，从自己的勺子上方望着他，她把灰色的眼睛瞪得大大的，琢磨着他刚说的话；但她的眼神有些涣散，她想集中注意力的时候，眼神却飘到了别处。吃午餐之前，她去洗

手间，从一张褐色的方形包装纸里吸了些东西（可卡因？海洛因？）。他是个外表俊朗的男子，衣冠楚楚，才华横溢。他会把她带走，带到某个更有家庭氛围的地方去，她心想。而他呢，为自己跟一个明显处于药物影响下的女人披露自己私生活的细节，深感羞愧。（当时，他并未真正看出她有毒瘾，他以为她服用的是某种给脚踝止疼的东西。）最后，他会离开餐厅，走进晴朗得教人惊讶的好天气里，走进明澈的寒意之中，当时正逢圣诞将至，似乎整座城市，至少上东城这边，已经变成了赠送高档礼物的中心区。再过几个星期，在那些俯瞰中央公园的公寓里，女人们会从长长的大包装盒里取出貂皮披肩；男人们会被蒙着眼，带到停车场里，他们会掀起干净的帆布，看到他们的新轿车。]

∴

人们经常听到这样的事：有位墨西哥钢琴家——全国最有才华的家伙，一位国宝级大家，一位凭借自身才能成为文化使者的人——在演奏一支奏鸣曲（随你选吧：是贝多芬还是勃拉姆斯，都无关紧要）时精神崩溃了，他停止演奏，砰地合上琴盖，跺着脚离开了舞台，再也没有碰过任何一种键盘乐器。维罗纳的一位年轻歌剧明星跟丈夫争吵，两人比谁的嗓门大，结果她搞坏了声带，再也没唱过歌。我第一次去欧洲巡演那年，我们在意大利休息了一个星期，在海滩跑步，扔飞盘，我们把节奏掌握得不错——丈夫扔给妻子，妻子扔给丈夫——我当时想接个漂亮的，尽管我们还在一次不落地数着抛接的次数，我想从背后把它接住，于是横着跑了过去，去接玛格丽特用平稳流畅的动作掷出的飞盘，飞盘径直飞向我伸出的胳膊，我的手，我的手指——心存期待地大张着——有点紧绷，因为我弹了一上午琴，尝试满足李斯特的一支作品提出的技法要求。（他觉得，李斯特的精湛技巧把他的其他特色都给掩盖了。）不过就在这时，我一脚踢到一块礁石上——半英里长的海滩上的唯一一块礁石——我发现自己像胎儿那样蜷着身子，滚了出去，一片脚指甲从中间劈开了，一根脚趾骨折了。玛格丽特背着我，走羊肠小道，回到了住处。次日早晨，如果我没记错的话，我觉得我没有，我没用那只痛脚，不管弹什么，都不踩踏板，我轻巧地弹奏了肖邦的《b 小调奏鸣曲》，用重手法弹奏了诙谐曲——你也许知道，这个词在意大利语里是笑话的意思——我陡然感到轻盈、欢快，所有不足之处全部一扫而光。没有了踏板，著名的低音部分消失了，这支曲子变成了一个肖邦从未想到的扁平空洞的世界；变成了一种被榨干和摧毁的、贫乏的完美。

几星期后，我在一场欢迎会上认识了安托瓦内特——当时还有许多别的祝福者在场——她像当时的许多人一样，递给我一大捧玫瑰，它们还在滴水，湿漉漉的，刚摘下来。

∴

自从我的手指变沉重以来，过了一年左右，我们在哈德逊河上游租了一栋大宅作为疗养之地，以便汲取新的能量，恢复健康。我在朱利亚学院[1]教授技法，把我的一些手指弹出的音符叠加在另一些手指之上，要求学生们严格按照我传授的方法练习：有本杂志形容我是“最后一批相信轻击指法练习的人之一”。同样的手法给格伦·古尔德带来了优美、犀利的琴声。一只手的手指与另一只手的手指相叠加的弹法，要求这些手指必须熟练掌握那些音符，凭借手感来学会它们。在那栋房子里，我把一架斯坦威钢琴摆在日光浴室的窗子下面。我要像这该死的玩意儿折磨我那样，把它折磨回来，我常跟玛格丽特这样说。没过几个礼拜，这架乐器就开始发出一种细声细气的、走音的酒吧钢琴的声音，就好像音锤下面塞进了蜡纸。我弹奏

[1] 国际最著名的艺术学院之一，位于纽约。

的时候，总会想起蛮荒西部尘土飞扬的城镇，想起中部平原那些荚壳般干燥的下午，晾在客厅里的那些立式钢琴。

一天下午，调音师杰克按照预定日程登门拜访，他拎着贴有管道胶带的旧手提包，穿着不怎么挺括的牛仔裤，我们之间有了这么一段对话：

伙计，你这样对待这架钢琴，可够糟的，马丁，糟透了。你这间屋里起码得有台除湿器，得把那些蕨类清理出去，可能还得封死几扇窗户。

是吗，杰克，我感觉，你有一种迫切的私人需要，想把钢琴人格化。我估计，你的工作里就有这部分内容——就好比有些人把，比方说，狗，人格化一样。

嗯，对，我照顾它们，给它们调音，可以说，它们每个都有自己的个性，当然。没错，我猜我是把它们人格化，如果这个词没错的话，不过我觉得，你想用的那个词是“拟人化”。

一堆线、毛毡和木头，一个大铸铁架子，还有一块共鸣板，说真的，这什么都不是，什么都不是。非说这玩意儿不止是这些东西，是种病态，杰克，看在基督分上。你那种想法是病态的——尽管那是你的工作。这什么都不是，什么都不是，压根儿就什么都不是，所以，如果我想让这玩意儿在高温下腐烂，那就让它烂掉好了。现在，如果你不介意的话，我想让你出去。

∴

［此处删去：跟艾琳在庭院里的长谈，手拿杜松子酒，望着运输石料的扁平驳船驶往纽约。这些不提也罢：迫于巨大压力而下定的种种决心、许下的誓愿、对事实的陈述、冷／热的触感、跟心理医生的密集约谈、反复诉说的感受、他从手掌上感受到的剧烈颤抖、理疗的疗程、热蜡疗法、治疗关节炎的专科医生、针灸。（由这段删除部分中删去：他忍受不了这架坏掉的斯坦威钢琴发出的尖细声音，但他一如既往，希望自己对这架钢琴的虐待，会以某种莫名的方式，消除他双手的沉重，仿佛他的手指有可能，怀着从酒吧间杂音里奏出清晰、锐利的音符的希望，坚决果断地按在每一根琴键上。）］

∴

当你向着中心部位，向着那个终点用力踩踏时，肉身会切实感受到那份蛮力的挤压，那种大腿肌肉内侧的急拉。然后是那种提升感，剥落感，空虚感，仿佛有一小块漫无目的的人生已经悄然溜走，消失得无影无踪。（正如我演绎一支曲子的时候，有可能弹奏出一个微弱的颤音，一个优美的音符，还没等我意识到它的出现，它就结束了。）它一定得完成才行——它会赢得完美和卓越的评价，它是从作品本身的某个幽深之处浮现出来的，就像我跟她在一起时的感受一样，她的意大利长筒袜呈螺旋状弯卷着，搭在椅子上。屋外，蓝色的冬夜里，小汽车在积雪已经融化的公园大道上行驶着。入夜以后，街上的博物馆已经闭馆，那些巨大的展柜、画作，都用布蒙上了，挂外套的架子已经空了。博物馆后面，中央公园仿佛盖上了一床白色的毯子。树木承载着新雪的分量，显得轻松适意。独自迎来高潮时，我会想起，再过几天，我大概就要带玛格丽特和西尔维娅——到时候西尔维娅就快八岁了——去第五大道购物了，那儿的蒂芙尼店门前铺着一片片潮湿的纸壳板，衣衫褴褛的小贩在纸壳板上央求着我们，他们搓着手、跺着脚取暖，兜售着价格便宜的假开司米围巾。

∴

［此处删去的是，他在做下面这些事的时候体会到的矛盾感受、双重情绪，给他带来的困惑：他带西尔维娅去第五大道购物时，她把小手塞进他的手套，让他把它焐暖；步行穿过公园时，互相朝对方脸上扔雪。他喜欢中央公园的新雪，却看不惯这种事：早晨，用不了几个钟头，雪就会被这些给弄得脏兮

兮的：滑雪板和小雪橇留下的辙痕、慢跑的人、纽约人投身体育锻炼的狂热紧迫感。]

∴

最后，我放弃了摆脱手指沉重感的努力。

∴

[此处删去：从俄罗斯回来几天之后，他坐在卡内基音乐厅的练习室里弹起了琴，聆听着被吸音砖削弱响度的音符；他完完整整地弹了好几支小夜曲，弹得完美无缺，他放松双手的上部，手指在琴键间起伏翻飞（就像他的第一位老师常说的那样，用流畅的动作，圆转的指法，进入到音符里面，穿透它们），把每个音符都照顾到，但不要太着痕迹。你别想让听众留意那些音符，他的一位老师经常这样说。你要让听众以为，他听到的其实是音符，而实际上，他听到的是肖邦，只有肖邦。这架用旧的练习用琴——多年的击键把它变柔软了——发出一种老化的、略带黄色的音调。弹完之后，他精疲力竭，把额头抵在琴盖上休息了一会儿；然后他站起身来，舒展双腿，

打开了门。这种感觉就像开启了一间储藏室，让美妙的声音飞扬出去，让它逃进死气沉沉的走廊里。走廊上传来芭蕾舞鞋在地板上走动的沙沙声。（他从小时候起，从上音乐学校和参加中西部的音乐夏令营时起，就喜欢上了这种声音。）片刻之后，安托瓦内特出现了，她在门口站了一会儿，紧紧攥着外套的领口，打着哆嗦。她的脸盘窄窄的，却有着深思的神情，她长着一头细细的金发，这些金发完全不受控制；它们会从发卡里弹开，从最紧的发带里流淌出来，从任何帽子里滑落下来。他看出她的目光透出些许恐惧。她的凝视有种柔顺的光彩。她眨眼的动作很快。她的脚踝出了问题。她在跳跃时摔倒了——那种跳跃叫“大跳”[1]——她在落回舞台时，有些失去平衡，脚没摆正角度，于是脚踝承受了大部分的冲力。一名替补取代了她的位置。受伤的她变成了孤家寡人。没有哪个同伴去她的更衣室看望她。她们都怕沾上霉运。她用亮蓝色的冰袋作了冷敷。一张 X 光片显示，是应力性骨折，不过还不只是这样。还有根筋腱撕裂了。我完蛋了，她说，因为弗朗西斯科决定让我退出。她弯下腰，轻轻揉着她的脚踝，然后用双手箍成环状，旋转着双手，仿佛要拧开罐子的盖子。医生给她打了一针可的松。她

[1] 芭蕾术语，指凌空劈叉式的跳跃。

重新站了起来，把两脚并拢，把双手合在一起，高举过头，两臂分开，搭起一个拱形，然后竖起扁平的脚趾，立起了身子。他充分感受到了这个反常姿势的美与病态；哪怕看芭蕾舞女做这个动作好多年之后，再看到它的时候，他心里还会感到不好受；这个姿势确实奇怪。它违背了双脚、骨骼，乃至心灵的本性。]

∴

我们在床上。你要知道，这儿就是我们的翅膀相连的地方，她说。我想起了被基督亲手拔光羽毛的天使羽翼。床单下面，她受伤的脚踝搁在我的脚踝上，老实说，我们的腿纠缠在一起，我还没有回过神来：自己在练习时，弹了一支小夜曲，它从我手下流淌出来的那种方式，还有这支小夜曲本身——音符的出现是那样庄严而完美——都是那样不可思议。她的身子轻轻动了一下。斯特拉文斯基《彼得鲁什卡》那熠熠生辉的节奏从她的立体声音响里传了出来，声音那么轻柔，我们几乎没有听到。不过她的提示音响起的时候，她不由自主地稍稍抬起一条腿，伸出脚趾，牵动了伤痛的部位。在音乐的驱使下，她的身子扯动起来。就像用橡胶槌敲击膝盖一样。在晚宴上，有时甚至在购物时，她都会听到提示音，完全不由自主地作出反应，她会伸出一根脚趾，或者把一条腿往上甩。我明白那种感觉。每次我听到一首熟悉的曲子，我自己的手指也会随之牵动，就好像要让一只隐形的手像鬼魅般活动起来。

∴

[此处删去：他在朋友伯纳德的建议下，读过伊萨克·巴别尔的一则短篇小说《耶稣的罪过》，在这个短篇里，上帝将一个天使赐给了一名淫荡的旅馆女仆，她很快就把这个天使给闷死了。同样删去的还有这一事实：他当时并不知道（他真的不知道），干完这最后一场之后，他就会把她一脚踢开；他当时丝毫不曾察觉，一连串的事件很快就会让他对安托瓦内特的欲望消失殆尽，不管怎么说，这种欲望的基础，主要还是低等的肉体因素，他作为钢琴家的好运其实同样源自这些肉体因素。两人有来有往的时候，他正处于职业上升期。后来他的欲望跟他的演奏技艺一起消失了。]

∴

我们抵达时，阳光漠然地倾泻在大地上，散布在海岸沿线。西尔维娅离开舱室，来到甲板上，她把身子伏在栏杆上，任由海风把她的头发吹弯。那头绮丽的红褐色秀发沾上了风从海浪里吹起的水珠，熠熠闪亮。她的臀部已经发育，她的腿变长了，她不再是我的小女儿，变成了别的什么人，一个俯瞰大海和不断接近的海岸线的十六岁女人，一名芭蕾舞女；她学过芭蕾，掌握了那些复杂的花样，学会了足尖舞，加入了市里一家规模不大的青年舞团。我试着提醒过她，别把芭蕾这种艺术形式当成职业。不过我送她去塔利顿[1]坐火车的时候，我注意到她背起亮蓝色大包的样子，它稳稳地抵在她的屁股上方，她做好了背着行囊，穿过一个个机场大厅的准备。她的动作透出走江湖卖艺者那种坚忍的慵懒。我们去新斯科舍省旅行，正是为了远离所有这一切。我会跟她长谈一番，或许她能听进去。

∴

［此处删去：一大段叙事时间。他几乎删掉了所有一切。数年时间过去了。他与自己、艾琳、艺术所作的艰难抗争。他听天由命地从事着教学。投入了全部精力。身为父亲，日复一

[1] 美国纽约州东南部的一个村庄。

日的重重考验。]

∴

艾丽斯·塔利音乐厅的独奏会惨淡收场两周后，我在录音室里，尝试录制巴赫的《法国组曲》(BMV 772)，此时我依然十分确定，音乐会期间的手指沉重只是偶然现象，是神经搭错了线，暂时性的机能失常。经纪人老兄，这是我对他的称呼，两手捧着乐谱，站在控制室里，用一根手指指点着音符。在行板部分——只是简单的赋格动作，从一边弹到另一边，摇摆于两个声部之间（如果演奏正确的话），在技法方面并无难度，不过要在声部的互动上做到精准无误——我没能把握好那种绵柔的感觉，过于生硬地落在降 E 调上，跟相对的声部相互抵消了。经纪人老兄隔着塑钢窗，有些难过地望着这边；他长了一张海盗般的脸——浓密的胡须强化了这种效果——一脸恳求施舍的表情。今天就到这儿吧，他在嗞啦嗞啦的麦克风里说。咱们明天再录，大清早开始。第二天，纽约披上了一身凌乱的冬装。大团积雪落在地上，融化的雪水流进了人行道。录音室坐落在第四十二大街，港务局附近，从人行道那边能看到从郊区驶来的一辆辆巴士钻出林肯隧道[1]，爬上弯曲的水泥上坡引道。这片街区的丑陋和嘈杂到了荒唐的地步，跟隔音的录音室里的那股静谧一比，反差越发明显。我站在那儿看了许久，没法推门而入。我把今后会发生的事看得一清二楚。我的录音生涯会悄然结束。我的面孔——圆得出奇，年纪轻轻，是一张公开刊登的旧照——会最后一次出现在《留声机》杂志的封面上，一张可怕的 CD 会伴着令人尴尬的招摇宣传，出现在市面上，它收罗的那些作品，都是我在手指精准无误、充满活力的早年录制的。在公开场合，我会对自己无法录制《法国组曲》一事保持缄默。不过，难免会滋生出各种流言蜚语：他的才能已经消失了；他完蛋了；他在吸毒；他跟一个女人有私情，她叫什么名字来着，那个患有厌食症还吸毒的芭蕾舞女演员，这件事对他影响挺大的；他得了奇怪的演出恐惧症。为了反驳这些谣言，我会说一些自认属实的话：录音这一步骤本身就很可疑，音符不应该囿于物质层面的樊笼：磁带上的氧化亚铁，或者比特与字节的残迹。不该把任何东西锁在“反复播放”这种独特的沉默之中。我会庄重地宣称（因为故作庄重正是失败的艺术家最擅长的），应该让音符栖身于乏人问津的五线谱符号里，不该把

[1] 纽约市哈德逊河下面的通车隧道，衔接曼哈顿与新泽西州。

它们释放到空气中，那样的话，它们只会烟消云散，化为乌有。

∴

［此处删去：他的经纪人鲍勃·法尔科，服用镇痛药成瘾。鲍勃向安托瓦内特表白过一次，他说他爱上了她，说得很坦率，毫不委婉，既恳切又明白无误：我爱你。我无法克制。我对你的爱胜过生命。两人之间一直有种性致勃勃的来电感觉，这点无可否认；他们当时站在大中央车站的假星星底下。不，不，你没有，她说着，转身逃走了，她的身影穿过宽敞的大厅，融入了沙沙作响的脚步、前后甩动的旅行包、紧紧攥着的钱夹里。］

∴

一把锯齿状的切面包刀，并没有什么特别之处，起码她把它握在手里，用它切从扎巴氏[1]买的一根法棍面包时是这样。从她身后，水槽上方的窗户望出去，可以看到中央公园一派荒凉的冬季景象。若是天气晴朗，从窗外可以看到安托瓦内特位

[1] Zabar’s，纽约曼哈顿著名的食品店。

于公园另一侧的公寓，窗玻璃在阳光下闪烁着，仿佛在心照不宣地眨着眼睛。玛格丽特握着刀，把刀刃按进了面包，我说起我在艾丽斯·塔利音乐厅举办演奏会的预备日程。（玛格丽特建议我如何安排练习。）再过几天，我的音乐会生涯就结束了。我们之间的情感虽然稳定，却已经波澜不兴，两个大人为了一个孩子，尽量装作一切正常。我们处于这种状态，已经有一个星期了，某种东西正在变得支离破碎。

我发现了字条，她柔声说。我发现了那张字条。

你什么？

我发现了这个。

安托瓦内特的笔迹就像出自认真的预科学校学生之手，卷曲的笔画精致而华丽，我觉得，这跟她在瑞士阿尔卑斯山的某所社交教育学校[1]接受的教育不无关系。我留下这张字条，是因为她写这张字条时，正处于一种激情洋溢、性感撩人、满怀诗情的状态，有种教人无法抗拒的、女学生式的狂野。我就是这样跟我朋友伯纳德解释的，他是爱乐乐团的大提琴首席，他反过来给我讲了一个希伯来文单词“pag’a”，（我觉得）它的意思是，两种物体，比如刀子和肉体，有了深入的交汇。她切

[1] 侧重于文化课程和社会活动培训的私立女子学校。

面包时，我就站在厨房门口，是那种硬皮怪结实的面包，嚼起来很费劲。她把面包切穿了，深深切进了食指和拇指，切到了指蹼。然后她跌坐在地，把那只手举到空中，血绕着她的胳膊滴了下来。西尔维娅在我们身后的餐厅里，在餐桌旁边唱歌给自己听，手里画着画，不知道她画的是什么。两种物体或力量的交汇，伯纳德说。那是一个雨天的下午，我们在哈佛俱乐部里喝着马提尼酒。

让人不由得想起歌利亚[1]的巨剑，想起随身小折刀，想起剃刀——我觉得，人总会被刀割伤，简直就像上天注定，要么事出偶然，要么事出有因，就好像那把刀，唯有那把刀，注定要跟你的皮肤来一次亲密接触，他说。不过话又说回来，我也可能是在信口开河，他又说。

我觉得，你确实是，我告诉他。我觉得，你是在信口开河。

伯纳德咯咯地大笑起来。（通常，大提琴手会让自己嗓门的响亮程度不逊于自己演奏的乐器。）

我说了这样的话：伯纳德，当然了，我并不是说，我感受到了跟她同样的痛苦，不过我能肯定，我不但感受到了跟她同样程度的痛苦，我感受到的痛苦肯定比她还多。我感受到的痛

[1] 圣经中的巨人。

苦，也许类型不同，方式也不一样。但比她还多。

你是个自私的混蛋，他说。

这时西尔维娅进了厨房，看到我们俩坐在地上（我的声音颤抖起来，我想，我大概会在哈佛俱乐部哭出来），她也哭了起来——你要知道，就好像这个孩子品尝到某种尖锐的痛楚，缠着她不放；你要知道，孩子对痛苦的感受最深切不过。他们对痛苦的了解，远比我们多得多。他们对痛苦怀有敬畏之心。对痛苦有切实的体会。我发誓，她完全明白眼下正在发生的事，她为我们俩感到难过。

∴

［此处删去：他用毛巾将玛格丽特的手紧紧缠住，让她攥好，把血止住，领她走佣人走的后门，等待着电梯。他瞧不起伯纳德，伯纳德似乎觉得，从《塔木德》[1]里了解宗教、事实、口号、谚语、格言、由来已久的疑问，就算是过上有信仰的稳定生活了。伯纳德自己也有外遇，有个外遇对象还是个皮包骨头的女孩，名叫安德烈娅，她不会超过十六岁，这件事最终导

[1] 犹太教的重要典籍。

致了他的离婚，他的孩子们跟他的第二任妻子一起，住在圣克鲁斯[1]。此处还删去：就在玛格丽特割到她的手之后，他领她穿过大堂，请门卫帮忙叫出租车的时候，他第一次感到，自己手指的根部下面，从掌心放射出一股冰凉、过电般的刺痛，这股刺痛会在几个月之后，成为他失败的生理因素之一。]

∴

[此处删去：他拿安托瓦内特作为例子，说，你还记得我那个老朋友吗，当年你还只是小孩子，那个朋友叫安托瓦内特，她摔倒了，伤到了脚踝，之后就再也不能跳舞了。你还记得她吗？真的？那好，因为她就是个不错的例子，能说明干这一行会出什么事，我知道，我这样有些，嗯，太像个父亲了，不过这话我非说不可，一定得说，她光是做了热身的准备活动，就摔倒了，撕裂了一根韧带还是什么的——我都想不起那些细节了——她的舞蹈生涯结束了，她呢，认命了。她没法继续发展下去了。嗯，说到这儿，有点跑题了，我不是想吓唬你，我知道，你不打算改变你的主意，你也不该那么做，亲爱

[1] 美国加州西部的一个城市。

的，一点儿都不应该，别因为我跟你说的任何话，改变你的主意。我根本不抱那个希望，要是你改变了主意，反而会吓到我的，不过重要的是，你要知道，这种职业有可能被微不足道的小事搞得乱七八糟。我深深爱着你，胜过爱这个世界，胜过一切；我爱你和你妈妈，爱你们俩。没错。没错，胜过对音乐的爱，当然，要承认这一点并不难。远远胜过音乐。]

∴

[删去：几年之后，他在沙丘之间散步，沿着被毒漆藤和驯鹿苔侵蚀的小径踱着步子，眺望着冷灰色的大西洋，厚实的乌云像草原一般；疾风阵阵袭来，东边传来遥远而低沉的雷声；过了那么多年，他依然感到，某些由来已久的悲伤在刺痛着他的心。他一直走到沙丘顶端，向下望去，有个男人在遛狗，狗远远冲到男人前面，既想没完没了地奔跑，又对主人满心感激，于是它停住脚步，回头望去，往男人那边跑到半路，又掉头向前冲去，这种往复奔走成了沙滩上的一种固定模式，狗在沙滩上留下的爪印，有如回环编织的钩边；望着这一幕，他心想，不知哪种狗的眼神最尖，最善于以同心圆的幅度四处寻觅，直到把主人丢出去的东西找到为止；让狗这样做

的，是某些决定性的力量，是它们在支配着狗的心智，正如蜜蜂是通过舞蹈来向同类传达信息一样。另一天早晨，他独自来到这里，他的手指已经康复，他在拂晓前，已经练了两小时的琴，他弹得很轻，免得吵醒玛格丽特，不过她睡得很沉，他清晨的演奏从不会打扰她的睡眠。他感受到了那股恩慈。他知道它就在那些音符里面，他满怀信心地弹奏着，没有犯下丝毫差错，他弹了整整一组肖斯塔科维奇的练习曲，这些优美的曲目让他想起了巴赫。今天早晨，我的琴技回来了，他心想，但不是很有把握。不过他的琴技的确回来了。他弹了一小段巴赫的组曲，就是多年前他在录音室未能完成的那首；这一次，它流利而优美地流淌了出来。他得救了。他唤醒了玛格丽特，拂乱了她的长发，它们刚刚开始变得花白，他把鼻子埋进她的长发里，在她身边躺了下来，轻轻推着她的腿，直到她屈服为止，然后醒过来的她翻过身来，随着两人的动作，变得越来越有活力。我出去走走，完事之后，他说。他沿着被咸咸的浪花和露水打湿的石板路，登上小山和沙丘，然后穿过条条小径，这时正在看那条狗。就这样，琴技不再跟他继续捉迷藏；他会重新登台献艺，先是在朱利亚学院为教员们举办一场独奏会，之后是规模更大的演出场馆，最后他获邀去以色列演出；他会再度赢得满堂喝彩，观众会把一束束鲜花抛上舞台。当然，他永远也无法弄清，究竟是什么，让他长年无法正常演奏。他对安托瓦内特的全部记忆，就是她的头发打着卷，从耳边绕过的样子，还有她来高潮时，会轻轻拍打他的后背，她的食指敲打着他的脊梁，就像在敲打摩尔斯电码。翌年秋天，他会回到这幢房子，登上同一座沙丘的同一片位置，站在同一地点，迷惑而茫然地望着翻腾的大海。那天早晨，还会有另一个人在沙滩上散步，那个人会仰起脸，朝他这边望过来，就像看到一位故友似的，挥了挥手，她头上裹着一条鲜红的头巾，长着一张长脸盘，面色苍白（他隐约能看得到），给人的感觉就像一名坚毅的幸存者——一名活下来的癌症患者，一个用绝食方法减肥的人。他走下沙丘，来到沙滩上，想从近处看清她的模样，结果他惊讶地发现，原来她是他很久以前教过的学生，这个女人叫希拉里，她早已放弃了把弹琴作为职业的尝试。没错，她确实病了很久，不过她正在康复，据她的几位医生讲，她的病情有了奇迹般的好转。她有个好女儿，也会弹琴。他会跟她分享自己女儿的消息，她最近演出的《彼得鲁什卡》大获成功。你看起来很开心，她会这样说。我是很开心。我是很开心，他会这样回答，一边眺望着一波波海浪，它们似乎有些心不甘情不愿地凑了过来，然后高高耸起，急匆匆地奔涌向前，化成一道近乎泥灰质地的白边，这道白边不断地生成再生成，又总是在向后退却。]

伊利里亚[1]人

1

汤普森用铲子的刃，用他卡车上的撬棍边缘部位，刮掉残留的泥巴、经年累月结成的硬壳，他在我脑袋周围小心翼翼地刮着，避开了眼睛和孔穴，终于，一张面孔浮现出来。他小声赞叹了一句。他不愿把我眼睛上面的泥巴除掉。他害怕看到眼窝。不过他还是这么做了。弄掉眼上的泥巴就是一下子的事，可一不可再。再者，不管怎么说，他很快就适应了我丑陋的容貌。他欣赏我的别具一格，把我看作是原始自我皮革质地的化身，他停下动作，把身子靠在农具上，那是把锄头，要不就是干草叉（确切地说，是分出三根叉的那种）。在上午十点的光线里，我那痛苦紧咬的牙关，皱巴巴的苍白眼窝，还有我在土

[1] 美国俄亥俄州北部城市。

里的姿势，似乎表明我遭到了遗弃——一只胳膊甩在背后，呈放松的睡姿。想想用延时摄影[1]拍摄的那些同床共枕的夫妇好了：他们下意识地调整着身体的姿势，动作似乎颇为和谐，他们在起皱、干净的白色床单上，诡异地回应着彼此的动作。

在俄亥俄州农田的静谧中——浇田的水管在他身后轻柔地滴着水珠——我的姿势看上去就像胎儿一般，仿佛还会发生变化，就像刚刚出生，尚未舒展四肢，尝试初次站立的马驹。从我的面部轮廓上，可以分辨出像滑溜溜、沾有子宫羊水的婴孩一样粗拙的智力。汤普森一边低头望着我的形体从泥土中浮现出来，一边心不在焉地嚼着烟草，吐到一边，闻了闻味儿，咳了几嗓子，摊开方手帕，把痰吐上去，然后把手帕折叠起来，小心地收进外套衣兜。这种遭人遗弃的神情，对他来说并不陌生。同样的神情，他在牲口拍卖会上，在妻子眼里，在自家孩子们的眼里，看过不下一百次。

2

汤普森在采集土壤样本时，铲到了硬邦邦的东西。发掘者

[1] 亦称低速摄影或定时定格摄影，指每隔一段时间定格拍摄一次，然后用正常或较快速度播放画面的技术。比如拍摄植物的生长等画面。

往往会在无意间，用铲子铲断胳膊，铲掉脑袋，铲破皱巴巴的肠胃，里面空空如也，只有一些尘土。多数情况下都会这样。盲目的发掘者手底下往往没数：靴子的踩踏会把铲子的力道全都集中到锋刃上。但汤普森是个精细人。他发现地里有东西的时候，搁下手头的活，琢磨起自己都有哪些选择来。

3

当天下午，在城里，那个名叫约翰的安曼教徒[1]愿意听听我的事，他正赶着四轮轻便马车，要去贸易站。沼泽沉尸总让他感到好奇。尤其是俄亥俄州的沼泽沉尸，他望着阳光炙烤的街道，这样补充道。一束束野胡萝卜从裂缝里冒了出来。这条公路宽得有些荒唐，似乎表明，人们在遥远的往昔，希望这里会有更庞大的贸易规模。

当年我爹在伍斯特[2]也发现了一个，安曼教徒约翰说，那家伙脖子上套着一个类似绞索的物件，手里攥着一件异教徒的祭祀用品。这些沼泽沉尸是最原始的偶像崇拜者。当然，他们

---

[1] 北美洲基督教保守派成员。安曼派主张，说谎的人应遭到绝罚，其他信徒不得与之接近；信徒服装应统一，胡须不许修剪，不得去州教堂。信徒衣着朴素，拒绝现代技术，包括汽车和电话。

[2] 美国俄亥俄中北部一城市。

并不敬畏上帝，先生。他们嘲笑上帝。不过话说回来，我对你找到的沼泽沉尸挺感兴趣，愿意见识一下。

好，那就到农场来吧，汤普森说道，打断了他的长篇大论。他看不惯这帮人一本正经的样子，他们对信仰方面的琐事，似乎颇为痴迷。他握了握约翰肉乎乎的手。那匹马——一匹褐白两色、生着大理石斑纹的漂亮杂色马——踏地的声音颇为响亮。安曼教徒们（汤普森跟他们一道）拖拖沓沓地走进烟草店，端详着那一排排色情杂志，把它们悄悄夹在无伤大雅的农牧杂志里:《农场生活》《园艺文摘》《有机农户》《模范铁路员工》。观看张开的粉唇，令人颇为舒心，（我觉得）这种粉色不知何故，会让他们联想起农活来。汤普森在馥郁的烟草气息中，说起了我的事，他买了一袋金装布莱克船长烟草，望着那个名叫艾琳的女孩在柜台后面忙来忙去。她是个辍学的高中生，身上穿着围兜制服。她的双乳把紧绷绷的劳动服顶出了直角。他喜欢那对用金属别扣固定的背带，它们同时给人以束紧和松弛的错觉。在这身工作服下面，她的胴体总会让他想起马与马具之间的物理学，正是这种物理学支配着约翰停在街上那辆四轮轻便马车。她的胴体总会让他想起那匹马——马的眼睛两侧遮着黑色的长方形小片——与主人的鞭子之间愿打愿挨的奇特关系。他把烟草袋拾起来，攥在手里捏了捏，检验一下它的湿度；有种柔软的触感，像海绵似的，这说明密封完好，可以把这些柔软、甜美的烟丝塞进他的烟斗。他喜欢拇指戳进斗钵的感觉——斗钵沾有烟油，黏糊糊的——满怀爱意地轻轻挤压，听凭直觉的指引，既不能压得太紧，也不能太松——就像他把手指伸进艾琳体内时一样。她面带不适的笑容，试着想象我的样子。从未听说过沼泽沉尸，她说。他提到了其他沉尸——艾琳，想想那儿的泥炭好了。她顶多能想象出一具腐尸，恐怖片里的那种，四肢弯曲，皮肤像破布一样片片剥落。倘若我能做到的话（有时候我能），我会让她看到马蒂斯[1]雕刻的一尊铜像，让内特系列的作品之一，那是一件精美的抽象作品，它会让人联想起我的两大首要元素[2]——我那庄重的形体美——同时还兼有我把手臂甩向背后这一现代的动作，那副姿态像是要冲向太空，就像一名跳水者干脆利落地纵身一跃，跃入蓝白两色的宇宙。

4

我会成为人们口中的伊利里亚人，在这座城市南部几英里

---

[1] 亨利 · 马蒂斯（Henri Matisse，1869—1954），法国画家、雕刻家和版画家。

[2] 指土与水。

远的地方出土，正如格劳巴勒那位（原名：汉斯）变成了格劳巴勒人[1]。倘若非要给你取个带地名的名字，那么这个名字也不比别的差，确实是个平淡无聊的名字，多数人都会同意，这个州也是各个州里最世俗、最功利一个，一个由衷喜爱温吞寡淡的州。（听了这话，俄亥俄人会戒备地弓起背来。）汤普森热爱俄亥俄。他相信约翰·格伦[2]是州里的英雄。还有什么象征，能比发射升空时年纪已经老大不小，待在配有过时装备和皮带的太空舱中环球飞行，在太空的寂静中转来转去，什么也不干，最后又落回地球，余生都拿这件事当资本的这位更无聊呢？汤普森和我都觉得，还是这样更好：滞留在太空里，在引力的拉扯下，被抛进虚无的空间，无线电讯号越来越弱，终于消失。或者这样也不错：返回地球时，隔热护罩失灵，包裹在炙热的金属和绽放的兰花般的火焰里，坠落在大西洋的着陆区，激起的水汽如同喷泉一样。

---

[1] 1952 年在丹麦哥本哈根西北方沼泽发现，是保存最完好、检验最彻底的沼泽沉尸之一。经鉴别，此人死于约 2300 年前，有可能是献给一位生育女神的祭品。

[2] 小约翰·赫歇尔·格伦（1921—　），美国宇航员、政治家，是第一个绕地球轨道飞行的美国人（1962 年），曾几度当选俄亥俄州参议员，后来于 1998 年以 77 岁高龄进行他的第二次太空飞行。

5

我的伯祖父斯坦腰板笔挺，他本人就是一具沼泽沉尸——明尼苏达州人种，发现于红湖正北边那片神奇、泥炭化的土地里。我们只有这位笔挺男的一张照片，照片上，他板着脸，表情坚忍，跟家人一起站在他的木屋前面。在干旱尘暴区形成的头几年，这栋小木屋就已经被裹挟着灌丛大火的沙尘暴给吹没影了。这样的风，人称“怒号的狂风”。“怒号的狂风”过后，他便举家迁往加拿大的艾伯塔省，在那里种了几年地，然后只身一人返回明尼苏达州，在那儿稀里糊涂地物色了一小块自己买得起的地；几乎可以肯定，他掉进泥坑的时候，已经罹患痴呆症，而且还饥肠辘辘。引擎驱动的泥炭收集机的桨叶（一个名叫阿尔·维尔德伯格的男人想跟软煤加工企业较量一下）把他带出来时，他已经从头到脚，被整齐利落地劈成了两半。维尔德伯格觉得，叫人来看沼泽沉尸，准会耽搁他采收泥炭的进度。他抬起靴子，朝斯坦伯祖父结结实实地踹了一脚，望着他的胳膊变成碎渣，接着又踹了他好几脚，然后钻进自己的机器，用曲柄把它发动起来，弄出几声呛咳的声音，然后从笔挺男身上碾了过去。

6

我的沼泽沉尸身份不怎么令人信服。我那副略微扭曲的笑容，让我在汤普森面前泄了底。我的身体竖着，面朝东北方向，如果俄亥俄州考古队会来的话，这副姿势会让他们大吃一惊，这样一来，他们就会推测出某种向司掌春雨的众神献祭的仪式。我们这些沼泽沉尸往往竭尽全力，伪造出那么一段历史（所以我的胳膊才戏剧性地朝后甩，眉宇间才有那么一副哈姆雷特般若有所思的神情）；我的神态举止肯定很像被选中充当祭品、顽强不屈的倒霉蛋。我承认，扮演这个角色并不难。

接下来，汤普森清理出了我的整只耳朵和下巴底端，这时暮色涂污了他的农场西侧，把他栽种的防风林浓密的树冠变得黑沉沉的。他柔声细语地向我诉说着，微风中，他的声音时强时弱。我微微一愣，但随即意识到，他是在忏悔，他说的是烟草店里的艾琳。

当然，她是挺年轻的，当然，她其实就是个孩子。不过看起来很迷人。那么迷人。除了她的少女气息，香水之类的气味，她身上还总散发着烟草味，就像一袋新鲜的粗切烟叶。

之前他说：我过去，现在，都还爱着艾丽斯。她是个好女人，也是我家孩子的母亲——但她有些地方不够好，唔，我觉得，应该说是行事的方式吧。我们水火不容。我们齐心协力地耕耘着这片农田，一起熬过了六七年的大灾、八八年的大风、八九年的干旱，九〇年的蟋蟀灾，还有这些年里规模不大的虫灾，只不过这还不够，单是患难与共，远远不够。那些浇田的水管是她想出来的主意。这点我得承认。

之后他说：闻起来就像烟斗用的烟丝，她甚至承认了这一点，我们笑了起来，一起坐着她的车出去兜风——是那种紧凑型的日本车——去了湖边，我得承认，我们在那儿吻了很久很久，那是我们初次接吻，第一个吻，那个吻持续了不下二十分钟。

他伏低身子，一边用耳语把这件事讲给我听，一边用小铲子尖端轻轻拍打着。

把舌头伸给了我，他小声说着，他的声音很单薄，紧巴巴的。她到这栋房子这儿来了——一天晚上，她溜了过来——我们俩在寝廊[1]里，身后这栋房子静悄悄的，我们待在我放在那儿的吊床上，就在这时，出状况了，我亲爱的沼泽朋友，当时我来到了罪与救赎的另一侧，发现我自己身处黑暗之中……不过他的忏悔说到这儿就打住了。他说到了那个关键点，诉说真相的欲望与它引发的痛苦相交汇的关键点。

[1] 通风良好，通常有帷幕的门廊或走廊，偶尔用作休息的地方。

他在我的脑袋北侧小心挖掘着，在黑暗中轻轻劳作着。夜间出没的燕子从空中掠过。第一批星星出现了。多少年来，我头一次看到了天琴座。北斗七星。小熊座。北极星钉牢了整个旋转的星空，让我从这场回环不休的转动中，领略到了秩序感。

7

戴角质镜框眼镜，身穿丝光卡其布衣服，口音过分雕琢的专家们，会从俄亥俄州向东进发（哈佛大学有支不错的沼泽研究团队来着），他们停下旅行车（车上有 OSU[1] 标志）之后，会毕恭毕敬地将我打量一番，发现是我脊柱里的结核感染导致了我的驼背（没错，伙计们，我的身体有些畸形）。最后，他们会找来一台起重机，用钢板把我四面装箱，吊到半空。他们会戴着荒唐的橙色硬帽，仰着脸观察我。带头的那个研究沼泽的家伙，斯格伦克，会停下来，向汤普森许诺，他会享有完整的探视权。这一发现的功劳全都归你，他会这样说。是你发现了伊利里亚人。谁？伊利里亚人。说到这儿，他会用手指一指我。斯格伦克会在历史记录中，得到命名的全部功劳。他会获

[1]“俄亥俄州州立大学”的英文首字母缩写。

得全部的荣誉。

如果俄亥俄州的人来了，我会叫他们滚出我的农场，汤普森热切地说。他轻声细语，显然不是说给我听，也不是说给某个想象中的斯格伦克听，还是自言自语的成分居多。

到时候，我最后说给他们听的，就是这句，他很快补充道。他用一根手指结结实实地敲着我脸上的硬皮，就像在敲一只小手鼓。

8

图伦人[1]一动不动地躺了足足两千年。图伦人——与人们的看法刚好相反——一脸悲戚的神色，他不怎么喜欢被人挖出来。他在数了一阵儿羊，集中了一下精神，伸了伸僵硬紧绷的右腿之后，惬意地安息了。他睡得很香。睡得很沉。挖泥炭的人来到他上方时，他的感觉就像某人在梦中冒出的大汗里沐浴了一宿之后，在炎热潮湿的早晨醒来似的。你试试看，在沼泽中醒来，脖子上套着绳圈，休息了足足两千年之后，在夏天上午十点多钟的致命炎热中醒来，会是什么滋味。图伦人始终没

[1] 1950 年在丹麦的沼泽中出土的男性尸体，经测定，他生活于公元前 4 世纪。因其身体保存较好，出土时曾被警方认为是凶案受害者。

有缓过劲儿来。他很快发现，他还得跟丹麦警方打交道，警方说他是谋杀案受害人。

汤普森的耕地里的我，很能体会图伦人的感受。

9

那个沼泽少女在圣伊格纳斯[1]那儿，俯瞰密歇根湖的丛生松[2]那边安静地休憩，我以前跟她很熟。她像我们所有人一样，在那儿等待发掘出土。她的双腕上绑着拖曳用的黄色尼龙缆绳。她皮肤很白，就像地下穴居人里的白化病患者。

从她的脊柱那儿张开的翅膀，是她的帆布背包石化的残留物。她那款线条简洁的军用包，跟她那身军用劳动服和突击夹克很般配——她说，这只包是她哥哥从战场带回来的。她那纤细的金发打着卷儿，看起来就像古老的士瓦本[3]结，由一只小小的皮革弯钩和一根木质发针牢牢固定住。她脸上安详的表情，不免让人想起唱抗议歌曲时的琼·贝兹。她的身子跟南北地轴平行，面向湖泊，表明或许有过一次使用毒品的仪式。她

---

[1] 美国密歇根州城市。

[2] 也作弗吉尼亚松，美国东部的一种低矮、散乱生长的松树。

[3] 历史上的德国西南部一地区，包括今天的法国及瑞士。

脖子上装点着一枚粗劣的镍质星座符（天秤座）。

10

巧的是，汤普森长大成人的地方，就在密歇根州的那名沼泽少女附近，离公路不远，就在那座桥上游，那座桥后面就是毫无价值，冒充真格儿的印第安小屋，欺骗游客的旅游景点。她只是芝加哥来的一个嗑了迷幻药、赤脚旅行的女孩而已，她沿着环绕小特拉弗斯湾的铁路支线徒步前行，跟当地人一起抽大麻烟卷。她的步态有股世故、自信的活力，她也是他看到的第一个喇叭裤上有流苏，抽大麻麻醉剂[1]而不是大麻的女孩。

11

我家老爷子会从壁橱里取下那个帽盒，把那个骷髅头取出来，拿到我跟前，说要是我不学好，他也会这样收拾我的脑袋，汤普森说。他顿了顿，点上自己的烟斗，把大团火焰放进斗钵里。汤普森熟谙让烟斗保持不灭的技艺，他往斗钵里装的

[1] 从印度大麻提取出的，可供吸食或咀嚼的麻醉品。

烟丝松紧适中，让适量的空气得以通过，这样一来，烟斗可以着一个小时。老爷子当年用刺刀扎过日本佬，先刺再拧，他喜欢这么说。他会绕着房子兜圈，一遍遍地说着这话。先刺再拧。先刺再拧。硫磺岛上的白刃战。把它砍下来当作战利品。好多人都这么干。把它漂白，吊在轮船后面拖着，让鱼把它啄食干净，然后把它打包，用海运的方式寄回美国，让家里的老婆收下。他甚至还给我看了《生活》杂志上的那张照片：一个女人跟她的骷髅头的合影。

有那么一瞬，我担心起来。我想象着汤普森砍下我的沼泽脑袋，像珀尔修斯[1]那样，把它装在保龄球包里，拎着到处走，将我给予保护的能力窃为己有。

12

头顶天空，我做了个沼泽沉尸的梦：我那完好无损的基因物质会给出一份完整的病历——牙型（粗糙不平）；胆结石倾向；直肠溃疡；皮肤和肝脏有癌变。他们提取出我体内储存的基因物质，拿我做了克隆。伊利里亚人，瘦削，苍白，嗜兴奋

[1] 希腊神话中的宙斯之子，曾斩下蛇发女妖美杜莎的头颅。

剂、麻醉剂，喜欢孤身独处，喜欢在独处中成长，喜欢在干草棚里睡觉，喜欢躲避警察。不论给我多少食物，我总是一副吃不饱的消瘦模样。我还抽烟，板着脸、长时间地吸着香烟、烟斗、雪茄、水烟枪。我会成为人们口中的 E 人，从克利夫兰的实验室逃走的另一个克隆体。

13

汤普森像恋尸癖发作似的，脱下了他的工作裤——这时天色半明半暗——他这么做的时候，心里想的是艾琳那柔软的身躯在工作服下面柔软地摇摆。她过些时候就会过来。他在烟店里，给出了那个暗号。他拆开了那袋布莱克船长的密封条。要是我拆开密封条，那就是暗号，行吗，咱们说定了，这就代表你一下班，就到农场来见我。想到她就要到了，他感到自己胯下猛地立了起来。不过他心里还在琢磨着以赛亚，琢磨着这位伟大先知透露的言语："你当进入岩穴，藏在土中，躲避耶和华的惊吓和他威严的荣光。"[1] 他下到坑里，用手掌轻轻箍着我的下巴，触摸着我下巴上光滑的皮肤。

[1] 语出《旧约·以赛亚书》第二章第十节，译文从和合本。

14

是我们害死了她，汤普森向我承认。好多年前，那时候我还是个孩子，我和贾森在闹着玩，事情失控了，大概这就是最合适的说法吧，一件事引出了另一件事；起码，感觉上是这样，不过我记不清多少事了，只记得那根缆绳，明黄色的缆绳。我们当时嗑了药，无意间来了句，哇哦，瞧瞧那根黄色的缆绳。我们把它从她父亲船上偷了下来，把拖绳和滑水橇也偷了下来。那是一副高级木质水橇。他那艘船简直棒极了，是一艘有年头的克里斯摩托艇，船侧有高高的深色木头挡板，经常在瓦隆湖里往来穿行。贾森在滑水橇上玩得很疯，他蹬掉一只，从尾流上跳过去。这时她出来了，我记得。我们把油门轰到了最大。然后她落水了，贾森掉头回去找她，结果从她身上驶了过去。这只是毒品作用下的乱中出错而已，当年常有这样的事。我们当时并不知道。当时我们啥也不懂。她是富家千金，老爹在芝加哥当律师。那时候，所有拖曳用的缆绳都是明黄色的。后来，到70年代，换成了蓝色，80年代又换成了橙色。

他的呼吸触到了我的耳朵。耳鼓传来一阵刺痛，他的忏悔之词贴着鼓膜旋转着——我们沼泽沉尸的鼓膜一向保存完好——绕着半规管[1]那绝妙的螺旋构造，一路传了下去。

15

汤普森拿着一把大铁锹，从屋里出来，来到田里，四下张望了一番，然后开始把我掩埋起来，先从我的双腿开始，然后埋到了我的腹部，最后，有点不情愿地埋到了我的脖子。最后，他抽完一钵布莱克船长之后，用土掩埋了我的双眼。然后他把土塞进我的眼窝，用锹背轻轻夯实。无可否认的是，我被重新掩埋，甩掉自己的尘世负担时，感受到的那股快意，有点像性快感，不过这样说也不是很贴切。别人若是处于情欲勃发的状态下，或许会把这种感受形容成高潮时的亢奋。我要是这样说，未免配不上我的表达能力。不过眼下它的确发挥不好。

回到谷仓，汤普森把犁铧挂在拖拉机上，把拖拉机轰隆隆地开了出来。他对准一道道犁沟，在颠簸中行驶着。不论是犁地、收割、耕作还是施肥，他都会想象，约翰·格伦在太空目睹的光景，或许跟自家的农田并无二致：都是一道道整齐的犁沟，以优美的几何阵型排成一行。

[1] 内耳的三个管状环形结构的任何一个，它们共同作用，维持身体的平衡感。

16

十点左右，艾琳出现了，她穿过农田时，把两只大拇指钩在工作服的围兜上，扭摆着腰臀。风已经停了，留下一股肥料的余味，比什么气味都要浓郁和芬芳。他取出美光手电筒，往手掌上磕了一下，让它别忽闪，亮得稳定点儿，然后把光球甩来甩去，像是在找我，最后，看了一段时间之后，他握着她的手说，哦，见鬼，我准是用犁翻土，把那家伙给埋了，我简直不敢相信，我是想把犁沟整得平整一些，我刚才听巴赫来着，我是说，你知道我在方向盘后面听着好音乐，很容易听入了神。就在这附近，看在基督分上，说完，他还朝地面踹了两脚。

17

她其实并不相信他的说法，她从他说自己犁地时，把沼泽沉尸意外掩埋的话音里，听出了一丝要诈的颤音。是他先说起这个埋在沼泽地里的家伙，她会这样告诉她最好的朋友琼。他一直说啊说啊。说这家伙也许已经埋了一百万年，或者一千年。我光是坐在店里听他说，之后他想让我过来看看，结果它没了。他说他把它给埋了，不过我能肯定，他在撒谎。他一撒谎就挠耳朵。

不过当晚，在农田里，她逐一记下了她觉得迷人的地方：他的胸毛，有着中年人的浓密和花白。他在自己家里走动时，那副实实在在的谦和姿态。上楼之后，他在房间中央裸着身子，小幅度地跳着两步舞，高举双手，转动身子的样子。听了她温吞的笑话，他随和地发出沙哑的笑声。站在他面前，她觉得自己细皮嫩肉，跟他的皮糙肉厚刚好相反。他似乎深深迷恋着她的躯体透出的青春活力。他抱着她，让她的乳头刚好碰到他的胸膛，而她身体的其余部位则悬在半空。她喜欢他像男孩般圆嘟嘟的棱角，他屁股上的肉又扁又白，他的屁股上方，有一小片细毛，毛茸茸的，软软的。用鼻子蹭，拥抱，把身子软软地贴在上面，感觉都不错。甚至直到如今，在欢爱过几次之后，他的手指似乎依然热衷于探索她的双腿，不只是出于羞涩，而是出于对她的胴体发自内心的赞赏。他是个不错的家伙，她告诉琼。就这么简单。这个男人知道他在做什么。他就是王。他令她高潮迭起。没错，他的岁数够当我爸爸了，我们在一起时，他每次都这么说，不过这又怎么样，我需要一个爸爸，我又没有，所以才需要，他就得满足我。她又给她觉得着迷的地方添上一样：他那父亲般的口吻，不是屈尊俯就式的，而是用某种和和气气的支支吾吾，他教她怎么对付这个乱七八糟的世界。让你的经理给你加薪，他说。其实这家店全靠你。没有你的话，肯内尔早就赔钱了，他能安享清福，靠的可不是他的博尔库姆里夫[1]烟丝。告诉他，你要买下他这家店百分之一的股份。别求他。你提出来的时候，要像主动给他帮忙一样。你假装要买他的股份。要是他不答应，就小小地威胁他一下。告诉他，你注意到了梅普尔街上的那个空闲店面，那个店面很适合卖烟。他会说，那儿的店面不够大，开不了烟店。你就告诉他，开得下，那儿搁得下一间可供顾客进出的保湿室[2]，还有一个站柜台的漂亮姑娘。这就是我给你的忠告，年轻的女士。

18

地下蓄水层下陷到了空前的程度。灌溉用的水泵空转了一阵之后，就烧坏了。电视里的气象图上，一轮大太阳待在中西部不动。汤普森向他的安曼教徒朋友约翰顺便说起了我，他尽量把这件事赖到干旱上去。我刚把地挖开，干旱就来了，然后

[1] 瑞典烟丝品牌，商标名称实为瑞典一座灯塔的名字。因其商标为帆船图案，国内烟民常把它称作“帆船”烟丝。

[2] 有保湿器的烟草陈列贮藏室，可以防止烟草变干燥。

就把那具沼泽沉尸给意外埋进地里了，一天下午，他在街上这样说道。

约翰轻轻地、小心地嚼着一块烟草，缓缓活动着下颌，少许汁水沾到了他的牙上，然后他把烟草斜着吐进了下水沟。我早该想到的，他说着，用两根手指调整了一下自己的帽檐。上帝不需要我们从土里挖出死者，正如他不需要生者钻进泥土里一样。似乎正因为他的想法不合逻辑，所以他说话时的从容不迫，显得愈发具有分量。信仰给他的想法增添了沉甸甸的分量。这份沉重来自对上帝这样看不见摸不着尝不到的东西全心全意的信仰。可不就是嘛，汤普森说，打断了他的话。嗯，依我看，引发干旱的是什么，是明摆着的事。他朝约翰点了点头，摸了摸帽舌，走进了烟草店。店里，烟草和杂志纸张的馥郁香气，跟空调吹出的凉风混在一起。艾琳在柜台后面，把一包包烟塞到一个塑料架上，把它们往后推，按在那个弹簧承载装置上，这样等她回头给顾客取烟的时候，她就会感到，下一包烟啪地快速补充上来。那些杂志跟前的男人们，大多穿着宽松的黑裤子、白衬衣，背着背带，他们直勾勾地瞅着自己手上的读物，封皮外面包裹着别的封皮。

汤普森站了一会儿，琢磨着自己要怎么做，才能活跃一下气氛，才能给他们那安详、近乎田园牧歌般的渴望中，带去少许震动。你们要知道，沼泽沉尸完全合乎你们的欲望，他可以这样跟他们争论一番。那身湿漉漉的光滑皮囊很像原先的活物，却已经没有了怪模怪样的皮肤和孔穴、大张的双腿。你们会深深注视着图伦人的狰狞面相，鲁姆女人[1]乞求的表情，几乎流露出贵妇气质的嘴唇，法斯特[2]少年瘦小的腰臀，他从一边耳朵开到另一边耳朵的喉咙豁口。你们会久久凝视着佩戴紧绷蒙眼布的温德比少女[3]。看到博克森人[4]被人杀掉以后，像小三角帐篷一样被人用木桩钉在地上，你们会目瞪口呆。他们会听他讲，边点头，边嚼着烟草，说，没错，你当然是伊利里亚人，因为你是在这儿被人发现的，我们只好承认，你是我们这儿的人。

但汤普森没有吭声，他走到柜台跟前——硬币在柜台上留下了白色的划痕——望着自己搭在柜台上的双手，这时艾琳，她今天穿的是白色罩衫和粗花呢裙的套装，看起来既稳重又得体，她把手伸到后面，没有特意去看，单凭直觉，把手放在了那袋金色包装的烟草上。

---

[1] 1942 年在丹麦出土的铁器时代头骨，后经辨认，死者实为年轻男子。

[2] 丹麦的岛屿。

[3] 1952 年在德国北部市镇温德比出土的沼泽沉尸，考古学家原以为是女性尸体，后经 DNA 检测，证实死者为男性，但“温德比少女”之名仍然沿用下来。

[4] 瑞典最古老的出土尸骸，被用两根木柱钉在湖底，“博克森”是农场的名字。

项　目

或许是出于同样的崇敬——就像修士对他的上帝怀抱的崇敬一样——我决定完成这一探险：监视和占领自家的每一片领地。我的职责是找出家里的每一块地盘，探明我尚未充分拥有的那些，然后到这些地盘上去，花费足够的时间，彻底地熟悉它们。就这样，一天晚上，珍妮发现我在写字台底下待着，看到我在那儿，她吓得尖叫起来（她正要坐下，给一名地方议员再写一封信，谈谈房产税的形势，这一形势已经失控——这是她的话——必须加以改变，因为我们的房产评估价要比实际价值高得多。我们缴的税太多了，她说。这是她的口头禅）。她的脚趾碰到了我的脚，所以她才发现我在写字台底下。我已经尽可能地往桌子后面靠了，我弓着背，检查着地毯的大部分面积——这是一张黄色的厚粗绒地毯——还有桌子腿的侧面，桌子腿四周积攒起了回形针、铅笔、灰尘结成的球、虫子的粪便，或者只是我解释成虫子粪便的其他东西，不过因为我不是专家，所以我没法证实到底是不是。珍妮并不知道我的项目。她以为我在找一张滑到桌子后面的纸，纸很容易滑进缝里，要不就是在插电脑的连接线，要不就是在找被白蚁蛀蚀的地方。到处都有小堆的木屑，我就拿这点当幌子，开始了我的冒险——这个借口掩护了我数月之久，后来珍妮清楚地发现，我对这个项目是百分之百地投入。在此之前，我可以随意勘察每一处地盘。早上，我对着一杯橙汁，选好要勘察的位置，把它们列在黄色的便笺簿上，我把这本便签簿锁在楼上床底下的保险柜里（当时我们分房睡，不是像老电视剧里演的那样，光是睡在两张单人床上。分房睡可以让我们每个人都能玩一些花样，等我们想要性交的时候，我们就穿过两间房中间的房门，这种事差不多每星期有两次）。这样列举下去，简直无穷无尽，不过我从一开始就知道，这个项目会自行扩展，不断衍生——我想不起，这种情况具体该用哪个生物学词组来形容了——下一处地盘，是道奇房间里的炉子进气口：一大片金属格栅，刷着褐色的瓷漆，我得躺下来，迎面冲着格栅，待上二十来分钟，才能把这一有利位置的种种特征详细记录下来，我也这么做了。我不妨补充一句，这地方比写字台底下有趣得多（不过我必须在此补充说明，写字台里面和周围还有不少其他地方，需要仔细检查）；紧挨着方形管道的内壁，在管道转过一个直角，拐入一片长方形的纯粹黑暗的位置，绒毛、灰尘、地毯的纤维，还有这栋房子的死皮，凑在一起，形成了一道隆起，我看了十分钟，记录下它的全部特征；还有几件玩具，落满了灰尘，看不出具体是哪一件了，不过我看得出，它们是小型玩偶，就像变成干尸的庞贝人。我会命令珍妮拿两只拆开的挂衣钩，把它们夹出来（既然它们能掉进去，那它们也出得来），仔细洗干净，把它们作为失而复得的东西，送给道奇，让他像看到新玩具一样欢天喜地，或者像看到掉进沙发底下好多天（他会觉得有好多年）的老玩具一样欢天喜地。他看到以前的玩具重新出现在面前时，往往会放声尖叫，像土著人一样欢蹦乱跳，身子乱扭。在我暴露出自己对项目百分之百地投入之前，在我对是否保留记录我的冒险的黄色便笺簿还有点犹豫不决的那几个礼拜，我经常拿这项任务最初的缘由——检查屋里哪儿有白蚁活动的迹象——作为借口，去检查屋里无人在意的地方，盯着看上二三十分钟，比如去地下室，钻进前门门口下方的狭小爬行通道——对虫子们来说，这地方十分理想，紧挨着泥土，给它们那寻寻觅觅的白色形体提供了宽敞的入口。除了铺着厚板的门廊底部结构，还有从街上透进缝隙里来，被行人的动作搅扰和打断的一片片白色阳光，没有什么可瞧的。我看的时候，道奇来来回回地走着，独自玩耍着，他小声咕哝着，几乎听不清他在说些什么。他的声音就像鸽子叫，或者像夜莺叫（不过我这辈子从未听过真正的夜莺叫，就算它真在我耳边叫，我也听不出来），嘟囔着只有他自己明白的话；他来回活动着，把薄片状的光线一次次打断，直到珍妮过来，叫他进屋吃午饭为止，我看到她的双腿从裂缝上走过，或者说，我猜那是她的腿，要么就是她的脚踝，从光亮中走过，然后是道奇的身影，然后就什么都没有了，只有颀长、优美的尘埃天使来到这层仅能爬行通过的碎石瓦砾当中，紧挨着我的脸颊，或者说得具体一些，是一侧脸颊，因为要爬进这里，我只能扭摆蛇行，把双脚留在外面，留在地下室里。这次观察用去两个小时，在应付消灭白蚁这一借口这方面，成效寥寥，不过我的确发现，有个地方，木头落下了一些表层的细细粉屑，借着一道细细的光束，我看到它们乳白色的身形紧挨在一起——真是幸运的发现，因为这时珍妮来到我的身后，用力拽我的鞋，叫我去吃午饭，还问我到底找到虫子没有，这下我可以给出肯定的回答了，我让她也钻进来，给她看了看那一处被蛀蚀的地方。几天之后的现在，我斗胆进入车库，来到南墙那儿已经朽烂的踢脚板跟前。一道长长的干腐痕迹延伸到墙角，有水从那儿渗了进来，还长出了一棵小蘑菇；那儿有些小小的虫尸，需要给予最密切的关注，它们为数众多，难以估量，但我断定，我必须把它们清点清楚，因为这个项目的成败，似乎有赖于最细致的观察和无一遗漏的记录；就这一点来说，我几乎无力自问，我能否胜任这一任务，不过我还是问了自己这个问题，我在冰冷的水泥地上跪了下来，只用窗户透进来的一丝微光照明，窗户还被一大蓬带刺的灌木给挡住了，透进车库的只有午后干巴巴、灰蒙蒙的光线。外面有声音响了起来，像是有意要坏我的事。道奇和珍妮两人反复喊着我的名字，不管是谁听到，都会觉得像是在呼唤某个在冰冷、黑暗、狂暴的海域失踪数小时之久的人：这人已经体温过低，无力抓住船上抛下来的救生绳索，他的手指已经无力攥紧，螺旋桨叶片激起的水花嘶嘶作响，让他什么都听不到。我觉得，这种呼唤的方式，就像是在叫一个死去数小时之久的人，不过，我会这样想，准是自欺欺人，因为他们已经——这点我能肯定——对我的这一项目给予了全力支持，还发誓说，会一直支持我到最后，我已经把话跟他们说得非常明白了。我在这儿，我大声答应着，一边还在继续清点，不愿把目光从球潮虫[1]和马陆生机全无的干尸那里移开。我在这儿，我在这儿。

[1] 俗名西瓜虫，受惊扰时会卷成小球状。

饥饿

她在社会服务办公室排队等候时（排队，排队，总有排不完的队），一听到吉米旧话重提——伙计，要是咱们不够格，申请不到真格的钱，咱们就去山脊上找栋房子，干它一票——就很清楚他说的究竟是哪栋，那是一栋地下室加高的农场大宅，差不多有五扇拉门，简直明摆着等着挨撬。她和吉米窸窸窣窣地钻进灌木丛，监视那个退休老鬼的时候，总看到他拿着高尔夫短球杆在草坪上练球。他们俩跟别的废人一起野营生火的那片牧场，杂草丛生，马唐草长得老高，牧场上还有几座小屋。自打高中毕业后，他们每年都在那儿聚会。如今，新建的房舍开始侵占这片场地，有些地块已经围上了黄色的带子，有些地方打好了木质的地基（他们用尽全力，想要破坏那些地基，却发现那些木头是粘在硬化水泥上的）。要不是逃跑路线——一条公用设施道路，是条小土路——这么不安全，有几栋房子的骨架倒是可以点把火烧掉。这栋房子装的是玻璃拉门、劣质的无弹簧锁闩，正等着吉米露一手快速撬锁的本事。（他给锁匠当过学徒，他撬起锁来，跟普通人拿钥匙开锁一样快；他知道那些大牌锁具都有哪些设计缺陷：耶鲁牌、瞬间牌和捷而坚牌，最后一种占据了主要的市场份额，几乎在各家各户的每扇门上都能找到。他知道，在禅机的指引下，大多数门都可以一脚踹开。）

这计划能成。他妈的十拿九稳，这计划很棒，咱们说定了，咱们就走后面那扇拉门，他们在灌木丛里盯着那栋黑咕隆咚的房子，小声说着。屋顶上方，群星刺破了黑暗。吸毒后的刺麻感滞留在他们的舌头上；在他们胃部的凹窝里——除了恐惧制造出来的真空——有种深度的饥饿感，它仿佛在大声咀嚼，掩饰着他们所有的悲伤，这股饥饿感渴求的，似乎远不止是营养物质。我能吃掉上帝，这股饥饿感说。我能吃掉这个宇宙。从这一刻起，他们穿过草坪，朝那扇后门走去，直到他们来到那扇门的跟前，也没制定出什么计划，因为毫无疑问，就像吉米说的，他们得把那个老傻瓜绑起来，没准儿还得拿一只旧袜子塞进他嘴里，让他保持安静——倒不是说，方圆几里会有谁听到他的声音，主要是为了振奋士气、讲求风格。吉米和珍妮特早已说定，哪怕是最马马虎虎的入室抢劫，也要按规矩来，不过他们以前实施的盗窃，大多还是好朋友们下意识的一时兴起：比方说，有一次，在隆冬时节，他们发现自己来到湖边的一片教会营地，一大片用木板封牢的木屋密密麻麻地围在一栋大木屋周围，还有一个盖着帆布的游泳池和一片网球场。那次抢到手的赃物，是一批旧圣经和《朝圣者赞美诗集》，他们拿这些书生起篝火——一本一本往火里扔——烧了三十分钟。烧书怪有意思的。烧书让人兴高采烈。纸页蜷曲着熔入火苗，又薄又脆的纸，还有文字，还原成了碳。储藏室里放着一个二十加仑容量的罐子，里面装的是桃子，他们拿一把起子，足足花了十五分钟，才把罐子打开，却只看到黏糊糊的烂桃子，泡在糖浆里。他们抬着罐子，穿过小路，把黏糊糊的汁水全部倒在网球场上，望着这些汁水越冻越硬，望着蒸汽在水晶般澄澈的空气里袅袅升腾。

惊吓是非法闯入的基本成分（你吓他们；他们吓你）。吉米期待着能吓吓那个傻瓜，看到他眼里泛起恐惧，作弄一下他那张皱皱巴巴的老嘴——它呼呼直喘——把他从沉睡中彻底惊醒。再说，老鬼又会梦到些什么东西呢？他一边思忖着，一边穿过院子，院子里，月光给草叶镀上了一层薄薄的银光。珍妮特跟在他身边，不过据他所知，她也可能远在英国，因为他正要陷入一种迷离恍惚的状态，是它驱使着他，让他朝那扇门走去，它让吉米挥了挥他的螺丝起子。木头门闩也许已经推到了沟槽里，不过他很清楚，只要向后猛力一拉，这类门多半都会脱离滑槽。要是这一招不管用，他就用靴子的后跟狠踹一脚，管它会弄出多大动静呢。老头做梦的时候，动的肯定也是老脑筋，他们做的都是些迟缓、乏味、毫无意义的梦，梦到他们的身体摆脱了那种僵硬死板的感觉。他选中的这个老头身子骨就挺僵硬的，岁月和酗酒的重负把他压弯了腰。得把这家伙吓得尿出来才好，眼瞅着他吓得绷紧了身子，好好嘲笑他一番，然后再把袜子塞进他的嘴里。

∴

咱们在哪儿？咱们在哪儿？咱们在哪儿？咱们在哪儿？咱们在哪儿？咱们在哪儿？咱们在哪儿？他尽量对这个声音充耳不闻，把螺丝起子塞进了软木塞里，享受着螺丝起子戳进去的感觉，那种由坚硬转为绵软的感觉。是安非他命的效果，他心想，但他不能确定，因为她之前是摸着黑，从密保诺保鲜袋里胡乱摸索出两粒小药片，然后他们把药片嚼碎，干吞了下去。软木塞裂成了好几块，他骂了一句，把它捅进酒瓶，拎起瓶颈，喝了好几大口——又苦又涩——然后从车窗口把软木塞的碎渣啐进了外面的夜色里。密歇根州波波市出的葡萄酒。又苦又涩。

我说，咱们是在哪儿呢？

依我看，咱们是在鱼卵孵化场，他说。

的确如此。

你这个有病、渎神的混账，那个微弱的声音在什么地方说道，很可能是在他的脑子里。（他在幻听时常听到这个声音：一口紧巴巴的中西部腔，带点儿富兰克林·罗斯福的口吻。）

闭嘴，他命令他的声音。

什么？她说，她扭动着身子，身上穿的是带流苏的褐色仿麂皮夹克，还有一件沾有汗渍的白T恤。她自称有印第安血统——要不然，就是他记得他们在诊所走廊里认识时，她说过这样的话，不过他也说不准。没准儿她是有印第安血统。她乌黑的长发就挺像印第安女人，皮肤也像。

你闭嘴，他说，身子朝后座猛地一抽，用这种方式表明，他又听到了常有的幻听。

你又幻听了，她说。

习惯了，他说。

你要是杀了什么人，就会有种质地像果冻一样的残渣，滞留在你的整个灵魂里，他记得，诊所里有个男的这样跟他讲过。他们围坐成一圈，时不时地变换坐姿，免得折叠椅害得他们痔疮加重，一个接一个地聊着，在心理医生霍华德进屋之前拼命演出一场好戏，等他进了屋，他们就只能消停下来了；他们说的任何话，都不会变成指证他们的呈堂证供，不过这种事谁都说不清，因为这个世界变化太快，在这个世界上，任何人都有可能不公正地对待你；那个说起果冻的男人杀了好几个小孩，或者自称杀过，还把他们埋在了一口有年头的枯井里，要不就是干燥的蓄水池里，要不就是堪萨斯州某座农庄里类似的地方，要不就是达科他州，不是北达科他就是南达科他。他故意用波澜不惊的平淡口吻，叙述着自己的经历。你要是杀了人，这种像是果冻的东西就会把你裹住，你得用醋和盐调配的溶液把它洗掉，就像洗掉黄鼠狼的臭味一样。要是这样不管用，就只能往身上擦一层酒，用酒把它烧掉了。就是这样的话。然后一个瘦弱矮小、皮包骨头的讨厌纵火犯插了嘴，讲述起了自己漫长的奇妙纵火历程，吉米只来得及回忆起这些，因为就在这时，珍妮特打开车门，下了车，沿着鱼卵孵化场的水泥排水沟往前走去，鱼卵孵化场一片漆黑。他又痛饮了一阵葡萄酒，才打开车门，下车找她。在一个个巨大的鱼池旁边，摆着出售鱼食的机器。他在一台机器跟前停下脚步，取出一枚二十五美分硬币，塞进投币口，用力一拧，捞起一把鱼食小粒。他攥着热乎乎的鱼食，沿着排水沟往前走，找了个多少有点亮光，能看清鱼冒出来的地方。它们像一群猪似的游了上来，激烈地扑棱着，呈现出残酷的饥饿感，所有鱼都用小嘴吸取着鱼食颗粒，却只能找到那么多。他喜欢这样，喜欢看它们傻乎乎地乱找。吃到食的只是少数。其余的就饿着吧，他才不管呢。不过当然，它们饿不着，因为生而为鱼，就意味着它们会度过美好、清洁、健康的一生。有个男的每天下午都会拎着一篮子新鲜虫子过来，也可能是别的什么东西，把它们撒进水里。喂食时间。就他目力所及，视野范围内并没有泛光灯，哪怕街灯也没有一盏；只有湿黏的鱼腥气，夹杂着水朝水闸流去时的汩汩水声。他喜欢看着泛亮的水面，蒙着水藻和花粉，慢悠悠地移向那片边缘轰轰作响、状若刀片的小地方。那个地方。他这辈子一直都待在那样的地方。就是他妈的那样的破地方。她究竟去哪儿了？他先前感受到的那股怒火——干掉那个老头——又冒了出来。

待在那儿别动，把双手伸出来，让我能看到，那个声音喊道，手电筒的光柱在他脚踝那儿晃来晃去。这个粗声粗气的声音属于某个蠢才保安，而不是警察，这点他听得出来，某个上了岁数，为了供老母亲住私人疗养院而出来值夜班的傻瓜。他跟警察之类的人物打过的交道够多，知道自己只有两条路可走，这是明摆着的事：要么撒腿就跑，做好挨追的准备，翻过篱笆，穿过灌木丛，警察不会开枪打你，因为他担心随之而来的诉讼和调查之类的麻烦事；要么来一场你来我往的近身肉搏（近到让警察难以拔枪的地步），不是你死就是他亡，或者两人同归于尽。他觉得后一种办法才是上策，于是握着那把鱼食转过身来，正对着那人，说了句晚上好，先生，然后把鱼食猛地扔了出去。它们从那个男人的脑袋旁边飞了过去，落在水里，惹得鱼儿们白色的小嘴一阵忙乱——伴着水声响起的，还有水管那柔中带钢的重击声（后来他才弄明白，那玩意儿是洒水装置的水管，蛮厚实的，珍妮特是在鱼卵孵化场边上找到的），水管砸到了那个老家伙的脑袋上。重物击打肉体的声音，真可谓独一无二，他心想。不过显然，珍妮特嗑的安非他命还是别的什么玩意儿药劲儿还在，她并未就此罢手，而是照着吉米的脑袋也来了这么一下。

他在埃尔玛综合医院纯白的走廊里醒了过来。这种事他已经经历过好几回，知道它是怎样一个过程：先是黑暗破开一个针尖大的白色小孔（这时，他对眼下的形势已经心中有数了，因为小扩音器总是在呼叫：某某医生请前往某某病房。某某护士，请前往某某护士站，伴着他的急诊室友的哭泣、乞求、央求声［或者神圣的寂静］）。然后那个针尖大的小孔变得越来越宽，变成一片冰晶般的亮白色氖灯灯光，这时，他会闭上眼睛，避而不看其余的事，一张面孔颇为关切地俯视着他，询问他的姓名，问了一遍又一遍，最后他没好气地作了回答，在话尾缀上了“混蛋”二字：吉米·特纳，混蛋。此后是日复一日的危重护理，没有电视可看，政府才不会给你掏十块钱的电视租赁费。除了医护人员，还有政府派来的一名福利救济人员，没人上门探望。他以前有过这样的经历，以后多半也还会再领教一番，不过这次好像太腻味人了。这次简直耽搁了他一辈子那么久。耽搁了他好长时间，与此同时，珍妮特在外面暴走了一通，翻过了鱼卵孵化场旁边那座黑咕隆咚的高尔夫球场的沙坑和草地，之后借着药力，在一片灌木丛里昏睡了过去，而那个保安老鬼经历了脑震荡和重度失忆，醒来之后，很难说清他之前撞见的那个人长什么样（再说那张面孔本来也隐没在半明半暗的幽光里）。

珍妮特驾车（钥匙还在点火器上）去了埃尔玛公园，她的中央总司令部，她在那儿避开警察，找到了几个新朋友，竭尽全力把吉米彻底忘掉（因为在盯着她的朋友看了五分钟之后——后者呈大字形，躺在鱼池旁边的地面上——她才意识到，自己刚才拿管子照着他的脑袋狠狠来了那么一下，没准儿犯了大错）。他们那天晚上抢来的赃物，转到了一个毒贩手里，后者回馈给她的，是一小袋白彗星生力粉。

∴

只有踩在厚地毯衬垫上的微弱足音，地板缓慢的弯曲，还有室内空气封存起来的寂静，将蟋蟀的叫鸣挡在屋外。他是个老人，但身子骨还不算太弱。他在自家健身房锻炼，保持肌肉的协调，他这辈子干了不少体力活，跟别人一起铲土，甚至在他当承包商时也是一样。他为此感到自豪。他照着镜子，细细打量自己如今的体格时，看到自己皮肉松弛，静脉和动脉血管在米纸般的皮肤下面鼓了起来；唯一一处跟年纪无关的明显瑕疵，就要数他喉结上面那块小小的疤痕（他的咽喉会轻轻颤动，就像火鸡的嗉囊）。他为自己依然拥有的感官能力感到骄傲，他磨炼着它们，将它们一再精细打磨。其中之一就是他的敏锐听觉。我的耳朵灵得很，他喜欢这么说，就像狗耳朵一样。所以当他一听到那块松松垮垮的楼梯板（唯一一块会吱嘎作响的木板）发出柔韧弯折的声音，就从侧面翻身下了床（因为唯一让他感到顾忌的痛苦，就是他那僵硬死板的后背，要是他从俯卧的姿势猛然起身，后背就会陷入阵阵痉挛），扭着身子来了个侧后翻，软塌塌地落在地毯上，他俯身从床下摸出打高尔夫的九号铁杆，他有些迷信地把它常年搁在床底下——倒不是为了防范别人非法闯入，而是因为他打了一辈子高尔夫，觉得自己要是在那儿放一根球杆，那他在灵魂脱离躯壳，一时徘徊未去之际，没准儿能从床下一把捞起自己心爱的球杆，把它也带到天堂去。屋里没有多少光亮，只有淡淡的星光。不过他的眼睛已经适应了黑暗，他能看到入侵者的黑影，后者就站在门口，一动不动，然后他听到入侵者因为刚爬完楼梯而剧烈喘息的声音（门口那人正是吉米，他不确定自己是在卧室还是在卫生间，不过他刚分辨出这里是卧室，就发现面前有东西在活动。他的视力已经调整过来了，但并未达到常人的水平，只有常人的一半，因为常年吸毒，一只眼还有点儿白内障；所以他面前的形体有点横向失真，就像蒸腾的热气把画面变得走形一样，还没等他找准方向，球杆就嗖地挥了过来，打中了他的侧腰，将他击倒在地）。珍妮特过来按亮了电灯。只见一个身材瘦长的老头，长着疙疙瘩瘩的肌肉，睡衣衬衫敞着怀，他挥舞着一根九寸铁杆，仿佛惊愕得说不出话来。在这类场合，通常会听到大喊大叫，要把闯入者吓跑之类的话。应该那样才对。通常受害者马上就会开口发话，他会趁你还没把他绑在椅子上，带到地下室，望着他的眼珠子疯狂乱转一阵之后，用包着毛巾的霰弹枪把他轰飞，他会赶在这一切发生之前，开出价码，掌控事态。（如前所述，吉米对这类戏码如何上演，一向心中有数。）可这个怪老头光是一声不吭地站着，把球棒高举在头侧。跟吉米那副瘾君子的瘦弱体格一比，这个老傻瓜看起来还挺壮实，不过身体抽搐、像昆虫般敏捷的珍妮特觉得他算不了什么，她猛地退回到黑影里。（她已经熄了灯，退回了客厅。）她向前飞扑过去，以迅猛的柔道动作，用双臂夹住老头的腰，用双脚缠住老头的脚踝，缴下老头的武器，把他扭在地上，然后跟他厮打起来。厚厚的地毯恰好充当了地垫；正因为有这样的地垫，所以他们才摔起跤来，很久以后，她这样想过，那时她对细节的记忆已经所剩无几：球杆在他的头顶闪闪发亮，球杆的木柄散发着浓重的光泽，床头两侧摆着包铜的阅读灯，一只床头柜上散落着褐色的药瓶，瓶盖是浅蓝色的，各种处方类心脏病和助眠药物，犹如一座富矿。（他们把这些药一股脑装进了那个老家伙的一只袜子里，把它带到了鱼卵孵化场。）摔跤比赛以希腊—罗马式风格，优雅地进行着，又是挟头，又是半途而废的肩下握颈，伴有飞快的腿部动作，趁他们还在扭打，吉米一点儿时间都不想浪费，他在屋里搜索起来，先是看了看壁橱，检查了鞋子、工装靴、拖鞋、高跟鞋、凉鞋、人字拖的底下，还有挂在那儿的外套衣兜。

∴

那个老家伙是如何在摔跤比赛中拿到那个装置的，这对她和吉米来说，如今依然是一个谜，在一个寒冷的秋日，吉米终于出了院，在公园里跟珍妮特碰了面，他额头上包着软塌塌的绷带，抱怨着自己受了伤，很多细节都回忆不起来了。肯定是那个老傻瓜在摔跤的时候，从床头柜上摸下来的。她是没看见。那玩意儿的形状有点像枪，不过更像那种德国产的电动剃须刀，他把它打开的时候，它发出的声音就像剃须刀似的，她也满以为那就是一把剃须刀，直到他把这件嗡嗡作响的器具贴在喉咙上，开始借着它的震动，一个字一个字地吐出声音为止，他必须把它深深按进肉里，才能从喉咙那儿发出声音来。他的假牙掉了，他的牙龈好不容易才摆出合适的形状。他练习使用这一装置，练了足有一年之久，按照自己想说的话，用全新的方式对口型，正是这项训练的一部分。在此期间，他弄清了我们说话的时候，主要都有一些什么样的活动，方方面面都要付出什么样的努力。

每个字都是空气和形状组成的小小奇迹。每个字都迫不及待地脱口而出。每个字都颇为神圣。

住手，他说。

耶稣基督啊，吉米说，他走了过来，胳膊上搭着一件绿色的运动服和一条格子花的高尔夫球裤。

简直就像他妈的海伦·凯勒。

想拿什么就拿走好了，然后就走吧，那个嗡鸣声说。

这一突如其来的变化让吉米大为失望，他原打算往这个老头嘴里塞只袜子——以此代替多数电影里面，入室抢劫者用胶带封嘴的做法——这下行不通了。原本还要用袜子，现在呢，眼前这个老鬼得把模样像电动剃须刀的东西按在喉咙上，才能嗡嗡嗡地说出话来，活像机器人。

∴

坐在地毯上，手拿嗡鸣器，老人回想起从前的一幕：那是房子竣工几个星期之后，浇灌在庭院里的水泥已经变硬了（因为身为石匠，他不想要那种普普通通的木板平台，那些工人浇灌水泥的时候，他还跟他们一起干，以便确保水泥的湿度恰到好处，凝固的过程不出问题），他的物品已经逐一取出，摆放就位，他来到屋外，在草坪椅上坐了下来。他孤身独处的时候，经常试着不用机器，光用嘴巴喷吐着气息说话。在自己的头脑里，他能听到自己的话语声。不过这天下午，他突然想要听点什么东西，于是他把那个装置按在喉咙上，哼出了《月光奏鸣曲》的几个音符，只是随便一哼，之后，他又唱了一小会儿辛纳屈的歌，唱歌的时候，他回想起了从前一边抽着烟卷一边干活的滋味：加固房子的垣墙，挖地基，搭架子，把水泥泄槽摆放就位，给司机打手势，让他开始倾倒——那一团团凉爽的灰色泥浆从泄槽上流淌下来，他用皮管把泥浆喷洒出去，让它流淌到合适的位置，等待抹平。所有那些辛苦的劳作，还有随后抽烟时，那犹如褒奖的片刻安闲。如今让这种嗡鸣声给取代了。两者不是一码事，他心想，不过不知怎的，它们有些相似的地方。

∴

想拿什么就拿走好了，别伤害我，嗡鸣声说。

听到这句老套的请求，吉米登时满怀警惕。在他脑壳后面的那片空间里，种种声音组成了一支希腊戏剧合唱队。那些该死的声音里，没有嗡嗡作响的声音。它们唱的是某种催眠曲，后来，他自言自语地这样说道，又或者，是在几年之后，他想把自己的生活理清楚时，重新回到那家诊所，讲给诊所的大夫听，不过当然，他不会承认自己当天晚上都做过些什么。那不是魔鬼合唱队。不是他想象出来的。不是他能控制得了的。

我们应该走了。这样干不对头。我们来错了，她说。

她在试探着向善，而你想做的呢，伙计，是跟死亡混在一起，把它像葡萄酱一样，抹遍你的全身，合唱队唱道。

医院的大夫们开了好几份盐酸氯丙嗪（老牌幻听消除药，堪称经典），还有用于鸡尾酒疗法的锂剂什么的。他没要这些玩意儿。他拎着这些药甩了几圈，把它们丢在了路边。那些服药安排、图表，太繁琐了。必须遵守的服药时间太繁琐了。每天，你都得按时服药。谁也不乐意跟纸杯和嘎啦嘎啦响的药片——就像蛇尾巴似的——保持约会。

他从那个老傻瓜那儿，把那个装置拽了下来，照着他的肩膀踹了一脚，拿着那东西把玩了一番，它就像一只瑟瑟发抖、造型紧密的机械沙鼠。他把它贴在自己喉咙上，让那股震动穿过自己的喉头，合唱队的声音从嗡鸣声中泄漏出来，消散在空调出风口的嗖嗖排气声，还有地毯上的老人的沉默里。

他把模样像是剃须刀的装置拿进卫生间，打开灯，任由那玩意儿在冰凉的白色地面上咔嗒作响。

他从卫生间出来，回到那个房间，只见珍妮特瑟缩在床上，弓着身子，双手掩面，面对眼前的局面，她低声咕哝着，这样干不正常，她说，这家伙连话都不会说，这家伙的嗓子都他妈坏了，她推了推躺在地上微微颤抖的老人，他的大腿露在淡蓝色的拳击短裤外面，短裤里面的肌肉因为发生了痉挛，在疯狂地颤抖。他试图说话，尽量让局势朝有利于自己的方向转变，竭力把嘴巴扭曲成各种形状。但传出来的，只有窒闷的嘘气声。合唱队的一名成员在吉米耳垂后面唱道：你又不会读唇语。你自个儿的畸形嘴巴（他稍微有点儿兔唇）要想正常吐字，都得费好大劲儿。你这抛弃别人又被别人抛弃的人哟。

∴

他很轻。瘦得皮包骨头，骨头脆弱中空，就像鸟儿一样，纸一般的皮肤包裹着细小的肋骨。吉米把他的身子折起来，懒得把他从地毯上拎起来，把他拖到了门口，好让他看着，因为这正是你的做派，让这个可怜鬼眼睁睁地看着你干坏事，吉米心想。把世间的苦难散播出去，把你的痛苦变成两倍。三倍。帮它堆叠累积起来。他把靴子高高抬起，悬在嗡嗡作响、在瓷砖地面上颤抖的装置上面，停在那儿等着。他在等待着某种信号，一句咕哝，一声微弱的叹息。抬起的靴子后跟随时都会来一番大肆破坏，离那个装置只有两英尺远。这时老人动了，扑过来抢夺，不过还没等他摸到——离那东西只有一根手指的距离时——吉米重重地跺了下去，他感觉到了外壳的爆裂，塑料外壳外面裹着铝，上面还有小块的胶皮。他用靴子后跟把七零八落的零件碾成碎片。

然后，说来令人遗憾，他对老人也如法炮制了一番。

珍妮特坐在床上，上下甩动着脚踵，这种来回颠动的动作表明，她的神经正处于毒品的刺激之下。她在陌生人床上的模样，流露出某种悲哀的情致。看到她，吉米感到一股澎湃的激情从胸中油然升起，涌入自己的双肩和脑袋。接下来，应该在这栋房子里搜刮一番，把它翻个遍，用他们的话来说，就是尽可能地利用这一局面捞上一票，然后去某个地方——没准儿是鱼卵孵化场——清点战利品，饮酒作乐。应该做点合情合理的事，他大声说道。我们一定得把这场骗局给理清楚，他说着，在屋里走来走去，打开装袜子的抽屉，找到一盒袖扣，一小包名片，他抽出名片，念了起来：

马尔科姆·海伍德　公司

马尔科姆·海伍德，总裁

石材加工，工艺精湛

希尔街 888 号

承揽活计，无分大小

他在抽屉尽里边找到了自己要找的东西，紧紧地包裹在一只袜子的尽头，像是不少古币。真是不小的收获。当真是古币，至此，这场抢劫已经大功告成，只要把这些古币拿走，他就会有功德圆满的感觉，他告诉自己，再说，珍妮特身上急速发作的抽搐，正在变得越来越激烈。她好像没法控制双臂的活动，它们就像鸟儿拍击翅膀一样，剧烈地挥舞着。她飞下了楼，嘴里咕哝着伤害不会说话的老人是不对的。她觉得耳朵底下和脑壳里面嗡嗡作响。我害怕，她说。我害怕。我害怕。我害怕。我害怕。我害怕，她在厨房里又说了一遍，打开了冰箱，发现里面只有一品脱的卷心菜沙拉，一大盒脱脂牛奶。我害怕，我们做了错事。我是说，我们不应该那么做的，这件事会缠住我们不放，嗯，这件事会缠着我们不放的，我是说，嗯，因为这家伙不会说话，伙计，不会说话。他没有自己的发言权。

不过等她从屋里出来，走进森林，把那栋灯火通明的房子抛在身后时，她感觉好一些了。我感觉好些了，她说。车子还在，虽然破旧，不过在星光下，看起来蛮不错的。她能肯定，在他们没守在跟前的这段时间，车子的位置挪动了少许，朝西挪了几码。车子挪位置了，她说。这该死的车挪了位置。车挪了位置。确实挪了，吉米说，他这么说只是为了安慰她，他打开车门，把手伸向后座，那儿摞着好多瓶番木瓜酒。给，他干脆没用拔塞钻，而是走进寒冷的夜色里，把瓶颈在岩石上磕碎了，然后把破碎的瓶口举到唇边，倚在车上，喝了一大口。在车子另一侧，幸好没人能看清的黑影里，珍妮特又做起了拍打翅膀的动作，仿佛在为从今生去往来世的长途迁徙做好热身的准备，她缓缓地抬起胳膊，动作并不怎么轻快活泼，在空中划着长长的、优美的弧线。吉米的酒既柔滑，又有些玻璃碴子，它落在他的肠胃里，感觉就像冷却装置里的冷却剂，那只沉甸甸的袜子系在他的腰带上，晃晃悠悠，一下一下地拍打着他的大腿，让他感觉良好。咱们去鱼卵孵化场逛逛吧，他说，然后看看有什么光景可瞧，因为夜里的这个时候，那儿挺美的。话从他嘴里冒了出来。会有星星映在又长又平的乌黑水面上，水闸会汩汩作响，那些愚蠢、该死、饥肠辘辘的鱼，都会怀着可耻的、对食物的热切渴望，浮上水面。

成双成对

A）你看到她钻进自己的车子，消失了，她那身光洁的肌肤和金色的秀发在阳光下泛起了亮泽，她身后是杂草丛生的原野，一直延伸到马可尼电台海滩[1]（甚至早在这一刻，你就已经暗自揣测，那边大概会成为日后幽会的地点）。你有先见之明，或者说，你已经有了切肤的感受，看到了某种男性化的、迷离恍惚的幻象，这与那些能预见未来、无所不知的占卜者不同，那些人把摊开的手掌搁在水晶球上，从以太中收集种种声音，说起话来坚定而果断。以后，你会发誓说，你记得自己看到她的双臂下面有几粒雀斑——留有少许盐渍，几乎看不出来，还衬托出了她皮肤的白皙。

B）甜甜圈店外排起了长队，你每天早晨都能看到这些排队

[1] 位于马萨诸塞州的一处著名海滩，因附近有以意大利物理学家伽利尔摩·马可尼命名的进行无线电信号发射的电台而得名。

的人：除了常客，还有些入住酒店和出租屋的人。自行车排放在人行道上，它们那胀鼓鼓的车胎蛮有气势地抵在路面上。她站在往前数四五个人的位置，穿了条侧开式连衣裙，是某种人造丝料子的——布料上有深褐色和黑色的佩斯利涡旋纹——隐约透出她身上那件比基尼的轮廓。你把自己与她的重逢，归结为天时地利，归结为宇宙的某些深远影响使然。用深度烘焙的咖啡豆煮的咖啡，掺杂着咸水珠气息的凉风，还有盐碱滩淡淡的臭气，冲淡了植物油的气味，所有这一切让你意识到，若有必要，你可以归咎于各种因素的共谋，归咎于风景、海面的泡沫，还有往水里扎猛子的、饥饿的海鸥。心脏扑通扑通地直跳。（不久前，你查出了心动过速。肋骨下面有股胀气般的压迫感。）

C）她回头张望的时候，你们简短地打了个招呼，问了声好，或者点了点头，不过没别的了，因为要打破横亘在你们之间的藩篱（啊，将自我与私人精神生活隔绝开来的微妙藩篱，还有“私人空间”这层天然的保护壳），说不定会破坏某种完美的东西。（艾萨克·巴什维斯·辛格[1]称之为心灵感应。）你没看到她把手抬起来，平伸成敬礼的姿势，等你发现时，她已

[1] 艾萨克·巴什维斯·辛格（Isaac Bashevis Singer，1904—1991），波兰裔美国意第绪语作家，1978年诺贝尔文学奖得主。

经在把前额的一绺乱发拨到一边了，你赶忙挥手还礼。你逗留了足够长的时间——有些可怜兮兮，鬼鬼祟祟——看清了她点的是发酵甜甜圈和清咖啡，她还从店外的孩子那儿买了一张《纽约时报》。

D）尝试转换一下视点，变成这个正在上车的女人吧。你从罗恩和孩子们那里要来了几个小时：

——我只需要单独待一小会儿，用不了多长时间，我只是需要缓解一下压力而已。连一天的时间都不用，只要跟一条旧床单和一本普鲁斯特的书独处几个小时，就够了。几个月来，你一直在尝试阅读《追忆》，有那么一瞬，你坐在沙滩上，背对着马可尼电台，真的读了进去，读到了横扫尚比欧村玉米地的风，你慢慢品读着，咂摸着语言，尝试理解普鲁斯特所说的记忆和时间的性质，还有风如何像一个守护神。你怀有同感：或许万物的运动只是精神性的，上车时，你抬头一看，看到一名十分英俊的男子——他可能比你大一两岁。他也抬头望了过来，你们彼此交换了一个眼神，说不上默契，但这副眼神里，的确包含着一份原始、多少教人不安的欣赏。他长着罗马风格的漂亮鼻子，还有（可你又怎能看到呢！）线条十分柔和的嘴唇、丰满的嘴唇、民谣歌手的嘴唇，这种嘴唇属于这样一些人，他们能把人世间的悲伤变成节奏紧凑却又自由不羁的歌。

E）开始试探性地聊起（过了一天，又是在排队的时候）甜甜圈的质量：发酵甜甜圈很不简单，普通面饼甜甜圈可不普通。你的嗓音颇为动听，透出少许的冷酷和疑问。你谈起天气，过去两个星期晴空万里，只有一天涌起了大浪，那些浪头从某个遥远的热带低压带生成，一波波地涌了过来。你也觉得（上星期三）那些大浪十分神奇，它们的个头非比寻常，而且当时（你没有提及这一点）你望着浪头涌来时，觉得它们是在远方，在大海的中心生成的，每一波浪头都裹挟着某种迹象，从中可以分辨出风最初的意图。你们准是明确无误地感到，身为已婚男女，让你们感到痛苦；未来还会有很多场有待解决的争吵（你们谈论大浪的话里，或许暗示到了这些）。你们的话里流露出这样一种愉悦的感受：鉴于情况特殊，你们俩都只能在婚姻之外寻找爱情。

F）露辛达。史蒂文。你们高高兴兴、轻轻松松，像分享饮品一样，认真仔细地交换了名字。

G）小玛吉用一把黄色的小铲子狠狠地挖着，把一抔抔土扬向半空，扬进你的眼睛；每扬一下，她都轻轻叫唤几声，你觉得，或许她也受够了整件事。按她的年龄来说，她身材瘦小，体格羸弱，爱犯链球菌性扁桃体炎。过去一年半的时间里，这毛病犯了六次，但她的扁桃腺——肥大、发炎的囊肿——还留在喉咙里，因为罗恩不让她做切除手术（那种手术已经过时了），他懂，因为他是内科医生。不过他学的是心脏病专业。我对小儿科一窍不通，他承认。那种活儿没法干，因为那些小混蛋不会说话，解释不清自己的情况，我是说，这有点像是胡猜，要么猜中了，要么猜不中。嗓子犯过两次炎症而已。不能只因为这个，就把扁桃腺给切掉。以前大腿骨骨折的人要做牵引；如今，大夫把病患的腿包上玻璃棉，丢下一副拐杖，就把他打发走了。罗恩爱把自己的秃顶边儿上的两片头发抹平。等头发变得太稀了，我就剃个光头，他说。

H）天空、沙滩和海岬的主体部分，圈定了他们的活动范围。如今他们都很出色，不相上下，他们把飞盘抛得越来越远，慢慢凑到两名身穿蓝色比基尼的姑娘跟前。（一连三天，他们都留意着海滩的这同一片地方，孩子们已经开始拿这件事公然打趣了。）两个儿子——都是美少年，我的儿子。你引用的是哪儿的话？几个学期之前，你教的一部戏里有美少年这个词——不过是哪部戏呢？是威廉斯[1]的戏吗？也许这话是白兰度[2]说的。不对，是威利·洛曼[3]说他儿子的话。是一副大声炫耀的口气。就像大声宣传产品似的。也许他说得没错；也许你的孩子就是产品。你心想，我在这儿，望着我的儿子们玩飞盘，在美女跟前表现得神气活现（她们原本是美的化身，她们的腿和身躯，她们的动作、风度、神采和肉体，无不透出美感），还在夸奖着他们。他们是些狡猾的孩子，多少有点沉默寡言，悄悄留意着你和艾琳的紧张关系，她对孩子们宠爱有加，不过表现得并不露骨。她在你身后用手指翻弄着一本杂志，循着你的视线朝孩子们看去。她的草帽拉得低低的，遮挡着阳光。

I）如果你非要想想看，那就想想荒凉、堆满柔软积雪的中西部街道吧。离开派对的人们——他们在深夜走进寂静的城区，把喧闹留在身后。如果你非要想，就想想从前中西部的冬夜，围着折叠桌打桥牌的人；蒙在发凉的白皙肩膀上的貂皮披肩；紧箍在漂亮舞鞋锃亮的鞋尖上的黑色橡胶套鞋。

---

[1] 指田纳西·威廉斯（Tennessee Williams，1911—1983），美国剧作家。

[2] 马龙·白兰度（Marlon Brando，1924—2004），美国影星，主演过根据田纳西·威廉斯的剧作翻拍的电影《欲望号街车》。

[3] 美国剧作家阿瑟·米勒的戏剧《推销员之死》中的主人公。

J）在露天汽车电影院看电影，放的是新版《心不在焉的教授》[1]，一只神奇的绿色粘球蹦蹦跳跳地掠过银幕，你觉得，此时此刻，自己的生活就像电脑动画生成的、容易变形的绿色物体，同时又像任何东西一样真实，让玛吉不断发出女低音般柔和的咯咯笑声，那是富有感染力的笑声。你的脸报以笑容——只为她一个人展露的笑容——它让你的下巴痛了起来。罗恩伸出手来摸你的手。他的触摸让你意识到，自己的手指既娇小又脆弱，不知怎的，它们让你想起曾祖母亲手完成的刺绣：她在休伦湖畔的那栋房子，护墙板承受着北方夏季的逼人气焰，被太阳照得白皙如骨的天空洒下点点霞光，在湖水中闪耀着。

K）你伯父从阁楼里找出好几盘超 8 毫米电影胶片，把它们转换成录像，用电视播放出来：那是你父亲，一个身穿泳裤的少年，在码头边上晃荡着脚丫，在他身后，冰凉的加拿大湖水朝后方的一排树木涌去，一缕轻烟从那边袅袅升起（总有人在林木线里侧点燃营火）。码头边上那些优雅的少年骨架密实，青春永驻，头发拢向脑后，身材堪称完美。一盘胶片画面颤抖

[1] The Absent-Minded Professor，美国迪士尼公司拍摄的喜剧片，曾多次被翻拍。

着放完之后，又换上另一盘，这次是不同的时间和地点，不同的色彩梯度，不同的假期；同样结实、健美的身躯，拢向脑后的头发，码头后面冷冽清澈的湖水，不过这次湖上有一艘克里斯摩托艇，旗帜飘扬，你父亲踩着滑水橇，从外观有所不同的林木线——高耸的云杉融入暗蓝色的背景之中——前方掠过，带出一道宽阔的水痕。胶片的画面颤抖着播完之后，又换上一盘，一名印第安向导（你父亲解释过，总要有一名印第安向导）蹲在那儿，正用一根树枝戳弄着闷烧的煤，鼓着腮帮子往里吹气；他身后是你那位来自托莱多市的祖母，她在画面中显得再优雅不过，她拽了拽自己的浣熊皮披肩。然后你父亲出现在画面上，他穿着一件格子花衬衣，就像日后层出不穷的运动服广告那样，开开心心地盯着镜头和未来，看你敢不敢背叛永恒。

L）你们在松林沼泽区的小路上碰面时，你从她眼里看到的，正是这副眼神——你父亲在加拿大码头上的眼神。那种褐色就像用温热的蜂蜡打磨光亮的山核桃木枪托。

M）——我还想再见到你。

——我也是。

——我们可以，嗯，我是说我们可以再到这儿来——明天他们出门，估计我就能摆脱他们了——他们要去远足，去光顾某个宰客的旅游景点，不过他们喜欢，叫什么海洋冒险之类的。

——那太好了，咱们可以带点儿吃的。

——你的名字，露辛达，是……

——照着我祖母露辛达的名字取的。

N）在总有一个湖的威斯康星州长大成人。你父亲用双臂搂着你的肩膀。流浪的狗。吃过的那些苦。密尔沃基市北边森林里的小屋；排放蒸汽的酿酒厂。消夏的人外出过冬，撇下的拖车、窝棚、小木屋。他也是中西部人，来自托莱多市。炼油厂喷出的火舌在空中扭动，他父亲从办公室下班，开车带他回家。地理、损失、失败，为维持婚姻，维持一个稳固的落脚点，付出不懈的努力。（落在什么上？落在第七诫[1]上，他心想。他相信这条戒律，设定这条戒律的宗旨是好的。）当然，在表面之下，隐藏着种种失败，婚姻的种种失败，没能得到的东西，还有没得到满足的需要。各种各样的需要——当然，也没有那种浪漫爱情的魔力，它能抵御紧密相连的种种力量：婚姻当中不乏世俗的成分。当然，是有那样的成分。

---

[1] 指圣经《十诫》中的第七诫：汝不得通奸。

O）在马可尼电台，几名闲客背着内胎、折叠椅、毛巾和冰箱，像复活的亡灵似的，出现在楼梯顶端，低悬的太阳向西边的矮小松树沉落下去，把他们的身子照得亮堂堂的。他们看到，远处角落里有两辆轿车。那两辆车停靠的方式——两辆车以随意的角度彼此挨近——暴露出不够高洁、有欠考虑的同谋关系。在前排座位上，两个大人彼此爱抚着，唇舌交缠。

P）肉欲不知餍足；肉欲吞噬了你们两个。这股欲望源自松林沼泽（你们第三次去的时候），源自你们安全、隐蔽地待在里面的那片洼地，防风林另一侧的海景，还有大海翻涌不休、始终动荡不宁的广阔洋面。大海亘古长存。我们则不然。大海永生不灭。爱抚则不然。浪涛永无休止。我的手指则不然。这让人不由想起理科课本里的那些地图，水体循环回环不休的属性，那些投向完美的天空和降雨的箭头符号。我以前常看尤金·奥尼尔的书，他说，他一边爱抚着她，一边想象着尖山沙洲那儿那栋摇摇欲坠的房子坍塌下来，被冲进大海。

Q）刚拔出来——这是云收雨歇之后的动作；她的腿肚子就抽了筋，她按摩着，突然发作的肌肉痉挛让她打起了精神，她后背上满是汗水和沙子。在沙滩和松树的另一边，可以听到海浪冲刷沙滩那甜蜜、柔和的摇荡声。

R）你用去伊斯特汉姆的小超市买一加仑牛奶作借口，驾车驶过乌黑的道路，来到灯塔海滩，你在那儿，借着绿—白—绿—白交替闪亮的灯光，找到了他的车。

S）有人渴望离开——他在黑洞洞的车里解释说——有人渴望回来。有本事的人都走了，你知道，唔，你知道，有些人拼了命地往别处搬。地下丝绒乐队在CD机里唱道："科尼岛[1]障碍赛马[2]。"——啊，我他妈到底想说什么来着？他略微提高了嗓门，风挡玻璃把他的声音变平了。我，他，妈，到，底，想说什么来着？他重复道，你笑了起来，把手伸进了他的衬衣。——我在火车上见过卢·里德[3]。他正要去波基普西市，坐的是大都会北方铁路列车，他说。他看起来嘛，你知道，他看起来就像坐火车的卢·里德。有点儿老。火车开到了哈德逊河上。

T）想想马可尼电台吧，嵌在水泥里的钢板，抓取虚空的

[1] 美国纽约市长岛西南端的一处海水浴场、游乐场。

[2] 指障碍赛马乐园，1964年关闭，当年是岛上的主要游乐场所。

[3] 卢·里德（Lou Reed，1942—2013），美国摇滚歌星，地下丝绒乐队主唱。

扭曲螺栓，巨大的广播装置遗留的残迹——一座座方塔，周围旋绕着电线，这些电线曾接获泰坦尼克号的求救呼叫。取材于神话的巨大装饰标志。想想冬季寒风吹拂过的寂静吧，游客早已离去，问讯台无人问津：有人往摆在厚厚有机玻璃下面的电台模型上，小心翼翼地涂上这样的字样：操挨操的操货。再过几年，最后一批螺栓和基脚也会从饱受腐蚀的峭壁上滑落，迫不及待地坠入大海。

——嘿，我们以后，我是说，我们以后怎么办？我是说，我们以后怎么处理这件事？我们还要见面吧。不能就这么断了。

——我们以后，嗯，我不知道。

U）对话继续围绕着核心问题进行，当然，核心问题就是你们究竟持何种立场，何种态度。这场对话的双方完全可以调换过来；你们任何一方都可以说任何一部分，只不过在爱人—情人的天平上，只能偏向一边。你用手背触摸着她的嘴唇；空气中有种特殊的气味，暗示着秋季的到来，从树林里传来一声敲打木材的空洞响声，有人在用木板封窗户，准备过冬。这就是那栋让你寄予希望的房子，一栋古雅的坡顶小楼房，你们俩都觉得，这栋房子适合情侣居住。它有你们俩希望住处能够具备的隐蔽性，勉强能容得下两个人，房子上有张手绘的招牌，招牌上点缀着忍冬花，还用难以分辨的字迹写着房东的名字，要不就是他们给这栋房子取的名字。茅草长到了尖桩篱笆跟前。猫可以在这儿吃肉罐头、饼干，喝苏格兰威士忌，度过整个冬天。柴禾和性爱可以充当取暖的燃料。她的头发上别着几枚金属小发卡，你说话的时候，拽了拽其中一枚，它掉了下来，滑到了车座底下。

V）一幅粗犷的日落景象。落日悲伤地颤抖着，沉入锅穴[1]的湖水之中。你聚精会神地望着地平线，几乎什么也看不到；但你还是看啊，看啊，因为人原本就有凝望着湖水，凝望着湖水彼端的倾向。很快，你们俩都下了水——水温有些凉，不过还能忍受得了；坡很陡。前面的孩子在游泳，撕开了水面的光泽。你抱着她，她抱着你，这时前面响起一声尖叫，孩子们互相警告说，附近有只咬人的甲鱼。——它们真的会咬人吗，她问你。——那可不，它们咬起人来，疼得要死。你把铅笔戳进它们的嘴里，它们都能把铅笔给咬穿了。手指也一样。那些孩子还小，大概有六七岁，他们泼着水，将沉默打破。你有些难过地抱起这个女人，用手指拢着她的臀部，掂量着她的

[1] 因冰川漂移形成的锅状凹陷。

体重。水和浮力；风景与人合在一起，变成了可以供人怪罪的一切。要怪就怪这片风景、海岬、大海、湖水、她的皮肤、你们的嘴唇、你们的舌头、沙滩、神恩、心脏、一次次的失败吧。

W）在车篷里聆听你的呼吸声：传入耳中的是冰冷苍白的声音，外面的堤岸上，狂风呼啸。这时，冬季刚好过完一半，傍晚的天色半明半暗，你在岸边迎风而立，东北风冲着海岬猛吹过来。你身后没有别的，只有一窄溜儿陆地，陆地后面便是饱受狂风侵袭的海湾。你把身子往前倾斜的时候，风把你稳稳托住，足以让你违背地心引力，让你像鞋子被钉在地上的小丑似的，浮在空中。你把身子往前一斜再斜，终于扑倒在地。你妻子在你身后，用你听不到的声音轻轻笑了一声。男孩们在楼梯平台上，他们不愿下来参加这些中年人的胡闹。——耶稣基督啊，爸爸，他们中的一个喊道，你疯啦。这样吗，这有什么？你觉得呼吸困难，于是扭过头去，背对着风，只见艾琳正在沙滩上做雪天使[1]，她来回挥舞着双臂和双腿。这动作蛮奇怪的。她仰面躺在地上。双臂和双腿配合得颇为协调。多少给人以神圣的感觉，你心想。你会在此时此刻，坦白你有了外

[1] 指仰卧在沙地或雪地上，用身体和手臂的压痕，印出人形的痕迹，同时靠摆动手臂和双腿，印出翅膀和袍子的痕迹。这样做出来的印痕，轮廓像是天使。

遇。你会在此时此刻，把整件事都告诉她。

X）简直是奇迹，宝贝，这东西，一起在车里抽一小根劲儿不大的大麻烟——你从包底下只能划拉起这么点经年累月的存货了。你沦落到了这步田地，可悲地需要他人的怀抱；她在你的怀里，你在她的怀里，你们的腿交叠在一起，两人都穿着粗棉布裤子。你们俩都对着风挡玻璃做了好一番忏悔。（我爱我的家人，实在无法想象，什么？放弃这个家会是什么样。我是说，嗯，我也弄不清我到底想说什么，只不过我想象不出，这份代价太高昂了，不止是足够高，而是比我想象的还要高，也许，也许实在太高了，又或者，我是个懦夫，太胆小，太软弱，不敢迈出那一步，不愿意闹得天翻地覆，也许是这样，也许不是，也可能只怪咱们还不够般配。）你们俩的呼吸让玻璃蒙上了雾气，只有排放暖风的出风口那儿，还有两块透明的地方，从那两片地方望出去，你们只能分辨出木头栏杆，栏杆后面是黑魆魆的大海，海上映出冉冉升起的月亮洒下的第一波颤抖的月光。你们坦白了你们对孩子们的爱。对你们各自配偶的爱。对大洋彼岸的世界的爱。对浓密黑暗中的月亮的爱。对海岬的爱。对陆地的爱。对这个地方的爱。对松林沼泽区淡淡气味的爱。对你们目睹的事物的爱。对你们永远无缘目睹的事物的爱。上方的沙丘草丛中，清教徒与印第安人首次发生冲突的地方，立着一块石碑。你承认，你会记住这种感觉。你会把它写进一则短篇小说。烟雾飘飘悠悠，你把它憋在嗓子里，有些喘不过气，你大口喘息着，然后呛住了，激烈地大笑起来。你把大麻烟递给她，火头朝上，这根烟卷只剩小拇指甲盖那么小一截了。在你的胸膛里，肋骨下面，有股轻松的感觉。

——该死的亚伯拉罕当初不是被逼无奈，只好献祭自己的独子吗，起码他已经准备动手了，我是说，他正准备用刀割开自己孩子的喉咙，不过他最后没有下手。

——他是没有，她说。他是没有。她打开车门，走进寒风之中，沿着栏杆向前走去，你看到了，但你忍着没有去追她，主要是出于戏剧性方面的考虑；去追她好像不合适，让她在外面站一会儿，更有戏剧性（你当然认识到了，这一切有多戏剧化，你的话听起来多像吸过大麻之后的年轻人说的，多么愚蠢，就像你自己的儿子说的一样）。

Y）把熨斗按在起皱的罩衫上，把尖端调转过来，就像一艘船从海面上驶过——你在一瞬间想起了他的舌头。

Z）冬天，波浪把地貌改造成了合乎时令的模样——海滩变得粗短了许多。你在国家海滨公园游客中心看了一部延时拍摄的电影。你是从海滩折返回来，半路过来暖暖身子的。这部老电影咔嗒咔嗒地播放着——形状变幻不定的沙滩，一个又一个白昼在明暗交替中快速流逝。时间的某种法则失去了效力。配乐汹涌澎湃——你以前看过这部电影——随着直升机航拍镜头的后撤，银幕上的风景变得更加广阔，海岬渐渐露出了全貌，它有气无力地呈弯钩状伸展，就像瘾君子的手，哆哆嗦嗦、满怀希冀地伸了出去，想要扎上一针。看到那些一度爱欲痴缠的地方，你心里泛起一阵孤独。灯光亮起，你抓住了艾琳的手。她什么都不知道。一切都风平浪静。什么都没变。孩子们已经到游客问讯台那儿去了。他们又要去偷地图了。一个去缠住公园管理员，用愚蠢的问题分散他的注意力，另一个则抢走厚厚一叠；这些孩子就是这样，他们偷各种各样的地图，偷得很多，把它们用各种方式散发出去。这背后并没有什么原因，不过他们是你的孩子。你并不支持他们偷东西，不过你对他们的年少轻狂，他们那股蛮干胡来的傻劲儿，完全支持，毫无保留。

迄今为止的沙尘怪现形事件

他在风里斜倚着身子，捂着帽子，奔向棚屋，滚滚翻腾的沙尘在他左侧形成了一道飑线，他那副样子就像对自己所处的宏大场面——用圆木劈出的木板围成的篱笆、拦鸡的铁丝网、刺网、粗糙的栅栏板——躬身臣服，不过与此同时，他看起来又毅然显得出类拔萃，心怀希冀。有人想象，他来到棚屋，给躁动不安的马匹套上马具，摩挲着它们的头侧，跟它们说话，此时沙子透过缝隙和节孔[1]渗进屋里，细沙粒打在木板上，唰唰作响。他会坚忍不拔地活下去，取得成功或一败涂地。他也许会收到银行收回土地、将其拍卖的文书。后来，风势减弱时，有人看到他斜着身子，在俄克拉何马州的风景里走动，沙尘的样子既有些像托钵僧，又有些像魔鬼，沙尘里卷进了麦粒的谷壳、灰尘、小片公路垃圾，变成了某种引人注目的东西。

[1] 木材上节瘤掉落或被取掉后形成的孔洞。

他的事开始流传开来。你今天又看见沙尘怪了，厄尔？你又看见一个沙尘怪？哪有，没有的事。

∴

大多数人知道，在黑水牛女跑掉，嫁给无水之后没过多久，疯马在四处游荡时，看到了沙尘怪。[1] 他用手指拨弄了一下耳后的幸运石，催着那匹病恹恹的马跑了起来，但他追不上沙尘怪。它就像月亮一样，始终在他前方飘移着。这个沙尘怪像个先知，身影朦朦胧胧，一条马裤在他的双腿上旋绕着，沙粒的颜色就像龙卷云（疯马见识过不少龙卷风），灰里透着深蓝；有那么一刻，沙尘怪停住脚步，转过身来，他们默默交谈了一番，他们谈到了地平线的性质，对即将到来的战争的哀叹，以及刮这么一场大风必不可少的种种条件。

---

[1] 疯马酋长，美国苏族印第安人首领，曾与白人作战，后在监狱中遇害。黑水牛女是疯马的第一任妻子，她在与疯马结婚之前曾与无水是夫妻。疯马因此与无水结仇，后在长老们的调停下，黑水牛女回到了无水身边。

∴

1889 年 8 月 1 日，在毗邻马萨诸塞州特鲁罗的海滩上，一对男女看到，沙尘怪的身形从被风扬起的沙子和石灰、贝壳的碎片和轻盈得能被风吹起的泥土中冒了出来。他化作赫赫有名的海盗萨姆·贝拉米的形象，后来人们在海岸旁边，在浅得离谱的浅水区，将此人的宝藏发掘了出来。这个沙尘怪骨感分明的脑壳上扣着帽子，沿着水边疾步前行，像是要接近这对男女，后者抻长脖子，落荒而逃，（用普罗文斯镇《公报》上的话来说就是）“企图远离这个怪物，这个沙尘怪拉近了与他们的距离，迈着悠闲、缥缈的步子向他们走来，最后他走到前面，卷起一阵沙旋风，扬长而去。”这个沙尘怪没有说话，不过从他打出的手势看，他像是有话要说。有份报告断言，不少从枯骨、灰烬、气雾组成的旋风中升起的怪物有话要说。他们打的手势，很像美洲土著在打仗或狩猎期间用来彼此沟通的那种。

∴

在威斯康星州尼库萨附近那场工厂大火期间，两个火魔从火里冒了出来——那场火烧掉了五吨笔记本用纸、一百吨精致的圣诞礼品包装纸，还有二十吨纸巾和十五吨半透明薄纸。（几年之后，河下游两英里处的那家复写纸加工厂也遭遇了同样的命运。这两场大火都照亮了方圆一百英里的夜空。）据目击此事的消防员说，两个火魔从火海中走了出来，幻化成了沙尘怪。一个模样像本·富兰克林。另一个像托马斯·潘恩[1]，但消防员没认出这张面孔来。（顺便说一句，本·富兰克林相信有沙尘怪这回事。）这时风向变了，消防员为了躲避大火的热力，不得不撒腿跑开。当他扭头看最后一眼时，那个模样像本·富兰克林的沙尘怪正在打手势，双手向上挥动，就好像在指挥一场跑调、激烈的交响乐。人们在亚拉巴马州的北岭，也目睹了类似的家伙从一场轮胎引燃的大火中现出身形，五十万个轮胎烧了好几个礼拜，黑色油烟像泡沫一样不断泛起，在绕轨道飞行的航天飞机上也能看见。一名宇航员声称，烟云看起来就像米基·鲁尼[2]，另一个很像米基·曼特尔[3]。这堆轮胎的主人——名叫艾伯特·韦沃德的男子——看到，滚滚热浪和浓烟里浮现出一张脸。那是他父亲的面孔。它的嘴唇漠然翕动了几下，试图说点什么，然后它就在热风里解体了。是啊，没

[1] 托马斯·潘恩（Thomas Paine，1737—1809），美国建国初期的政治哲学家，著有《常识》等。

[2] 米基·鲁尼（Mickey Rooney，1920—2014），美国电影演员。

[3] 米基·曼特尔（Mickey Mantle，1931—1997），美国棒球明星。

错，先生，真的，绝对是我老爸，他说。我爹是矿工。他看起来就像刚从矿井里上来，浑身是灰。就连牙上都是，天哪。就连他的牙上都落满了煤灰。

∴

魔鬼塔[1]沙尘怪的目击者大多是拉科塔人[2]，这些人一看到他，往往表现出两种自相矛盾的行为模式：一是出于对沙尘之魂的敬意，想要匍匐拜倒；二是对他企图沟通的笨拙尝试，不以为然地耸一耸肩膀。他把双臂高举过头，转着圈子。他还试着翕动嘴唇。只不过这个沙尘怪总也没法说出话来。而且他还是在跳鬼舞[3]时现身的！是在绝望之际现身的！是在急切地召唤亡灵时现身的！这个魔鬼塔沙尘怪很不简单，足足停留了（用白人的时间来说）二十分钟之久，那儿的风历来毫无规律，胡吹乱刮，而他只用短短的时间，就把刚刚形成的气流绕着塔基附近的巨石，衔接到了一起，组成了一条空气传送带，后者将他在四分之一英里的跨度范围内来回猛拽；在这一过程

[1] 美国西部怀俄明州东北部的一处巨型圆柱体火山颈，原为印第安人的圣地。
[2] 又称达科他人、苏人，北美大平原印第安民族。
[3] 印第安土著用来与亡魂或神灵沟通的一种舞蹈。

中，他那副无从辨认的脸孔变成了乔治·阿姆斯特朗·卡斯特将军[1]的面容。这个卡斯特沙尘怪满脸痛苦地龇牙咧嘴。细细的粉尘给他的长发赋予了光泽（可见这次亮相并非对小比格霍恩河战役的预示。因为参加那场战役时，卡斯特把头发剃得很短，紧贴头皮）。魔鬼塔沙尘怪的消失方式颇富戏剧性。这家伙并没有扩散成沙尘气旋——这是多数沙尘怪的标准终结模式——而是旋转着，拧成了一条绷紧的鞭子，看起来就像大气中裂开了一道狭缝，天边被切下了一片，它朝着东方奔去。

∴

干旱尘暴区的黄褐色沙尘与波特兰地区的水泥尘、石灰尘，还有少许街头沙尘混在一起，组成了明显带有都市风情的沙尘怪形象（已被记录在案），他打着旋儿飞过第三十二大街，从刚竣工的帝国大厦旁边掠过，他乘着汇合到一起、沿东西向吹过曼哈顿的都市气流，沿着这条大街疾步远去。有人说，那椭圆形的头盖骨形状很像F. 斯科特·菲茨杰拉德。不过有个刚（从西部）进城的人认出，这个沙尘怪是重新安置管理局的

[1] 乔治·阿姆斯特朗·卡斯特（George Armstrong Custer，1839—1876），美国骑兵军官，在率队突袭印第安人的小比格霍恩河战役中全军覆没。

负责人雷克斯福德·特格韦尔[1]，其他人什么也没看出来，只看到一大片翻滚的乌云很快变成了山羊的形状，蹦蹦跳跳地一路奔向地狱厨房[2]，随后便崩裂开来。

∴

只有被选中的少数人见识过核尘怪，当时蘑菇云刚刚腾空而起，他们刚刚完成躲避第一股震荡波的伏地隐蔽，透过碳化玻璃，直勾勾地盯着那片火海，只见他从马绍尔群岛上方现出身形，停在那里不动，突然迸出的火焰裹住了一脸苦相、血肉模糊的头颅——那副发狂的表情跟他承受的痛苦倒是颇为相称。有人说他有几分爱因斯坦的狂野，满头乱发向着天空扩散开来，然后消融在乱七八糟大团烟火中。那些承认自己在烟雾中看到一张面孔的人，把他们承认的内容用玩笑的语气包裹了起来，他们只把核尘怪归结为另一项核爆奇观：核热小妖精、卷曲的火焰，当然还有那个出了名的八字眼女人，她会出现在核爆目击者的眼皮底下，和着紧凑的小鼓鼓点跳肚皮舞，扭动

---

[1] 雷克斯福德·特格韦尔（Rexford Tugwell，1891—1979），美国农业经济学家。

[2] Hell's Kitchen，曼哈顿中心，时代广场以西的一片地区，因其贫民窟和犯罪猖獗而得名。

身子。（如果他们看得仔细一些，就会发现，核尘怪好像在活动着松弛的下巴，说出“geshem[1]”这个词。）

∴

一个星期天的下午（1968 年 8 月 10 日），尼克松沙尘怪出现在拉斯维加斯附近的沙漠里。这位自由世界的领袖麻木不仁的大头，从一场邪恶的风暴中浮现出来，这场风暴的边缘飞沙走石，像极了 1934 年 5 月从干旱尘暴区吹来的大风暴，那场风暴把“堪萨斯州的泥土”吹到了距离太平洋海岸三百英里的地方，撒落在众多船只的甲板上。六八年的这场风暴简直是凭空冒出来的，引发了后来众所周知的尼克松沙尘奇观：一个像拉什莫尔山[2]雕像般轮廓分明的沙尘怪朝两名嬉皮士扑了过去，后者说不准他们目睹的究竟是大自然诡异的失常现象，还是先前嗑药的后劲儿所致，嗑药时他们曾看到一些沙尘组成的形体——主要是人和狗——从躁动不宁的沙漠中浮现出来。这个尼克松沙尘怪脸上的笑容或苦相，跟日后他最后一次公开亮

[1] 希伯来文：雨。

[2] 也叫总统山，美国南达科他州西部布莱克山脉的一座山峰，山上有多位美国总统的面部雕像。

相，在总统直升机舱门那儿将双臂扬向天空，作最后告别时的表情如出一辙。

∴

当然，之后便是海明威沙尘怪在加塔角国家公园附近出现。目睹这个沙尘怪的是一名老农，他是佛朗哥时代的抵抗分子，当时正牵着驴子穿过梯田、荒废的农田，还有一位作家，后者正在位于悬崖边缘的居所消夏，在后院里享用午后的马提尼酒，他刚好往东边望去，这时一团沙尘云乘着午后的凉风升了起来——这是常有的事。他仔细端详着这团暗云的变化。这团沙尘云可真够大的，他心想。明显比平时的沙尘云大。看起来好像露出了一张人脸。没错，是个脑壳的形状。嘴唇有了。眉毛也有了。前额也有了。天哪，这胡子长得，可真吓人[1]。与此同时，在干涸的河谷里，老农认出了海明威，嚷了起来。海明威沙尘怪停留的时间比别的沙尘怪都久，几乎超过了大蒂顿山[2]的烟尘幽灵——露营者们在一天下午看到的一片烟云，

[1] 身披沙尘的幽灵决不能跟沙尘怪画等号。沙尘怪是一种罕见的奇观，而沙尘兽和沙尘形体在旱季颇为常见，常常化作猪、趴鼻兽的形态，还经常以山羊的面目出现。——原注

[2] 美国怀俄明州西北部的山峰。

形状像身躯庞大的熊，这头由森林大火冒出的烟和金色的松树花粉变成的弓背巨兽，停留了不下一个小时。海明威本人的传奇经历，他经历过的一次次意外事故和身上的一根根断骨，他经历的一次次挫折和空难，仿佛给海明威沙尘怪注入了活力，只见他原路折回，再次飞到作家的住所上空，然后冲到了地中海上方，把海水吸了上来，海水的形状就像一条浅蓝色的裙子，他这么做，似乎是为了嘲弄干燥、不屈的大地，这片一度养育过优质马铃薯的大地——如今，在五十公里以西、马拉加市附近，那些采用滴水灌溉法的农场里，也种植着类似的马铃薯。

∴

电脑程序员格列戈尔·彼得罗维奇在驾车上班途中，在圣彼得堡附近目睹了果戈理沙尘怪。它从干燥的夏日空中浮现出来（周围并没有多少沙尘），脸庞轮廓分明，几乎可以肯定是果戈理的脸，精心修剪的小胡子跟果戈理的一模一样，长长的黑发从相当靠右的位置分开，耷拉在宽宽的眉毛旁边，目光柔和，鼻型挺美，只是很长。彼得罗维奇把车停在路边，下车拍了一张照片（他是个不乏热情的业余摄影师）。他告诉媒体，是鼻子，天哪。鼻子完全出卖了他的身份。[1] 鼻子越长越大，让脑袋显得相形见绌。这只巨大的鼻子在乡下的天空中舞动着，最后它惹出了阵阵骚乱，方才有所收敛，它像一件巨大的外套，将自己铺展开来。它出了名，人们管它叫“沙尘巨鼻”、“舞动的鼻子”，后来，人们从沙尘怪的照片里正式辨认出果戈理，于是它被（正式）冠以“大果戈理沙尘怪”之名，被认定为大自然的一场可恶的异变，奇妙的相面术的绝佳个案。

∴

有必要将考古学上的一个说法补记于此——在对基督作历史研究时，常常援引这一说法——有些牧羊人在加利利地区的迦百农城[2] 附近，看到了巨大的沙尘基督，牧人们耸了耸肩，让基督沙尘怪走开，就像打发另一桩并不少见的失常现象，甚至——有些人这样说——多少有些讨厌的东西。

---

[1]《鼻子》是果戈理的短篇小说名篇。

[2] 传说耶稣曾在此传道，位于约旦河西岸附近。

巡回游乐场

巡回游乐场慢慢地立了起来，在彻底准备就绪之前，似乎没人注意到这片破破烂烂的光景；起码他女儿没有在意，直到有一天，她在从学校回家的路上（约翰上夜班的日子，多半是他去接她，他的工作是给本地公用事业公司买卖电力），看到了摩天轮，于是便央求他带她去，让她去玩。她没完没了地嘟哝，让人觉得，这是她头一次看见摩天轮，事后他这样告诉自己的妻子。去游乐场玩儿其实挺危险的，那些机器性能不佳，又是匆匆组装起来的，更何况，场内还有好些小商小贩、技师、弱智、各种各样的醉鬼，还有那些满世界游荡、没精打采的乌合之众。他在伊利诺伊长大的那些年里，见过他们从城里路过：那些受够了检票的沉闷的人，那些头顶烈日，一站就是好几小时，帮人们上下游乐设施的人。（可以说）约翰打心眼里敬重他们，他很尊敬那些看似能应付各种极端状况的技师。他喜欢那些遍地灰尘、杂草多少清理过的场地，他们通常会把设备安装在这样的场地上，他喜欢落日余晖把乱糟糟的设备照得透亮的样子。

但这份敬意并不足以令他打消自己的恐惧。

∴

看看内德·阿尔杰吧。内德负责操纵两台设备之一，具体是哪台，要看他的搭档齐普·琼斯愿意照看哪台：如果齐普负责旋转木马，内德就去照看“欢腾”骑乘装置，那是一只载着孩子胡乱转圈的大蜘蛛，它的金属部件已经疲劳了。这些骑乘设施都没有全速运转。如果你留心观察，就会看到内德望着机器运转时，脸上是一副漫不经心的空洞表情；你会看到他神经质的动作，他把双臂交叠，高高放在胸前，呼吸把胸膛带动得剧烈起伏，就像刚游完泳，从水里疲惫不堪地上岸似的。他把烟卷松松垮垮地衔在唇间，有一搭没一搭地抽着。要是你盯着他们看一天，看着他们从一台设备走到另一台设备——默不作声地交换岗位，默契地打破单调——你会觉得好奇：是什么让齐普和内德待在一起？将他们牢牢维系在一起的纽带——不论神圣与否——究竟是什么？其实，将他们联系在一起的，只是他们有着同样的出发点：巡回游乐场行经俄亥俄州的一个小镇时，两人都加入其中，成了游乐场的员工。齐普从西部过来，漫无目的地搭车前行，手头正缺钱用。内德当时就住在那个镇上，他在一家自助洗衣店看到一张“需要人手”的传单，决定借这个机会出去见见世面。

不过，还不止是这样：还有他们安营扎寨的那些城镇边缘的场地上长久酝酿的空寂；蓝草、猫尾草、人工种植的干草和玉米，变得又干又脆，踩上去发出的声音就像一首歌；还有无限延伸、几乎毫无用处的地平线。两年来，他们俩走过一个又一个城镇，一起经历过这些。

孩子一再央求，他就答应带她去了。就这么简单。事后，他只能这么想。

∴

齐普把一瓶杜松子酒喝掉了一半。一天的活儿干完了，多数技师在野营车四周闲逛、抽烟、想心事。他的前牙缝塞进了玉米碴，他正在用舌头把它们舔出来，他享受着个中乐趣，不愿动用手指，准备把它当成无计可施时再采取的最后手段。这天傍晚，他舔着玉米碴，给自己做了一场见证，说起了他在往前数几座城镇，在宾夕法尼亚的时候做过的一些事；虽说只要他愿意，他就能清清楚楚地回想起它们的内容，但他还是宁愿把它们记成“一些事”：下午，趁多数郊区居民出门工作赚钱，夫妇二人都不在家的时候，他非法闯入他们家中，把门撬开，或者踢破地下室窗户，钻进返潮、蛛网密布的农家地下室。两年前，他在俄亥俄州，逮到一对一时兴起的男女，他们在灌木丛中互相爱抚；他能想起自己手掌捂着的那张湿漉漉的嘴巴，他用力按着，不让那些想要冲口而出的话冒出来。他一边舔着自己嘴里的玉米碴，一边像往常一样，用自己特有的方式自言自语起来：有少许圣经的调子和措辞——因此有些之乎者也的说辞——夹在别人称作“齐普黑话”的话里，因为他有自己的一套说话方式。

根本他妈搞不清你要干什么你想怎么做就是个不错的例子。或者：干，我要干他，一直干到他宁愿自己挨干为止。

这时，他仰起脑袋，使劲儿朝后仰着脑袋，让喉管里冒出一声微弱的呻吟。杜松子酒落到了肠道的底端，还不足以把他的身子暖和过来，不过足以让他非喝更多不可。

∴

不错，在这方面，有不少无稽之谈，那些老生常谈不提也罢——什么哪怕在今天，新世纪之初，也有不少正经人在从事这种四处游荡的工作，尽管这种做法跟时代完全不合拍，但他们还是出来了，抽着烟，想要摆脱困境。那又怎样。这是他的故事。这才是这场事件里发生的事。

真正四处游荡的，是另一位，内德。深夜时分，游乐场里的设施已经全部关停，那些停运的机器舒展着它们疲惫的金属关节（你能在风中听到它们发出的叹息），这时他就悄悄溜走，出去散散步，游览一番，冒点儿风险，在城里四处溜达，偷偷穿过篱笆的缝隙，贴着树篱的背面，踮着脚穿过夜晚暗蓝色的阴影。他在夜晚的地盘上信步游走：静静摆在路边，等待收拾的垃圾桶；撇在屋外落满夜露的玩具；流浪的狗和猫拖着不听使唤的后腿，鬼鬼祟祟地走过。他穿过有钱人家的后院，院子里有煤气烤肉炉、游泳池、精密报警系统和感应器，他能躲过感应器的探测，只有一次失了手，那是在俄亥俄州的坎顿市，当时警铃大作，灯光亮起，他像逃犯一样被人穷追不舍（后来他就是这样告诉齐普的），就像电影里的哈里森·福特——最后被逮住了，在号子里关了一宿，没有任何证据证明他当真干了什么坏事。那天晚上，他的雷达没有开启，他心想，他没有像往常那样小心留意——之所以这么说，是因为如果有一件事他能做好，他也知道他能，那就是小心留意，留心前面的东西；这是他的狗屁印第安本能，他语焉不详地告诉齐普——他是由一名印第安妇人，他的老妈妈，拉扯大的，她遵从老套的印第安习俗，是个真正的印第安妇女，她往他的灵魂里塞进去那么多垃圾玩意儿，他都不敢往细里琢磨；他是个走起路来蹑手蹑脚的人；他打小就明白——男人总能找到轻手轻脚地融入黑暗的方法。

∴

有人想要知道，内德穿过那些乌漆墨黑的院落和场地时，心里究竟作何感想；或许跟他在皮托斯基市那一小块占据地上长大成人的感受并无不同，他们把一批陈旧的子弹型“气流”旅游车并排停放，把那片土地说成是他们的。这些车后面停着酋长那辆黄色的“温内贝格”旅行车。他们在这辆车后面，几乎隐藏在充当遮风帘的若干松树后面的地方，支起两顶圆锥形帐篷，试图将这片土地合法地据为己有。

∴

你瞧，黑暗有很多种。就这么简单。整天给骑乘设施招徕顾客，抽烟，仰望太阳那严厉、苛刻的目光，与此同时，孩子们乘上“欢腾”，搁好他们的小屁股，等着被抛上抛下。家长们的眼里闪烁着爱意，显而易见的爱意，因为要不是出于爱，还有什么能迫使他们只为在陈旧、生锈的设备上转悠区区五分钟，就掏出三块五来买票呢？老化的霓虹灯泡发出微弱的亮光；音乐原先是一架真正的管风琴演奏的，如今同一支差劲的曲子，从他放在旋转木马中间的索尼牌轻便型录音机里播送出来。每隔三十分钟，他就得过去把磁带翻过来。

∴

有些恐惧是那样的幽深、隐秘，承认它们的存在，会让你觉得，世界像是要从你脚下溜走；或者说，这正是约翰心里的感受。要是跟它们接触太久，这些恐惧就会从你的皮肤——你的生活的表层——下面冒出来，就像一个巨大的疣子。他在一本色情杂志上看到过这样的照片，未经治疗的增生组织像蘑菇一样，从皮肤下面冒了出来。在休息室里，男人们互相传阅着这本杂志，他坐在那儿，被自己看到的东西惊呆了：一个男人的臀缝里，长着大团菜花状囊肿。想想看，都长成这样了，竟然还不去治疗。他盯着那幅照片，聚精会神地看了好长时间，最后买这本杂志的里克觉得，这样直勾勾看个没完的人应该是自己，于是把它收了回去。接下来的那个礼拜天，他去了教堂，向上帝倾诉，希望自己这辈子永远也别碰上这样的东西。他并不是要请求庇护；他希望上帝会忘记他，忽略他，让他安度余生。

事后回想起来，他看到旋转木马上那个男人步履蹒跚地走过去换磁带的时候；他看到那个男人又走回去，抓住就在他女儿身后的那根柱子的时候；他看到那个男人打量他女儿的那副眼神，还有那条皱巴巴的褪色牛仔裤的时候；当他事后回顾所有一切的时候，他断定，自己当时就该看出来的：那台骑乘设施上，到处都是大大张开的窟窿。那就是第一批冒出来的表皮增生，他早该发现的。

∴

有种看法认为，巡回游乐场为我们每人都有的一种隐秘需要——抵御无常的力量——提供了一条自然的满足渠道；而精心打造的巡回演出，则与这种需要背道而驰。负责看管骑乘设施的，是些没精打采的人、怪人、随波逐流的渣滓。州检查员——他眼里有模糊不清的白内障，近乎半盲——过来装模作样地检查了一番。他拿着写字夹板，检查了摩天轮的各个接头，可能还看着那些人给接头拧上了四方螺帽。不过他可没有检查这些人内心的阴暗面。

奇怪的是，约翰和内德以前有过交集，那是在密歇根州北部的一处海滩上，离内德长大成人的那片营地不远。（没人说得清，内德这个名字，甚至还有阿尔杰这个姓，他是怎么得来的，他母亲管他叫阿尔杰，不过也用他的印第安名字“行月”来称呼他；还有个男人，或许充当了他父亲的角色，他叫杰克·某某，夜里，他过来的时候，裤腰带已经解开了。）两个女的坐在佩托斯基州立公园的海滩上，靠近小特拉弗斯湾的尖角部位。那是个仲夏时节难得一见的凉爽白天，海滩空荡荡的——两个女人坐在那里，望着她们的儿子在远处，在海岸线附近玩耍。当然，约翰想不起那一天了，它夹在去祖父母位于中西部的避暑屋探望他们的无数日夜当中，早已无从分辨，不过他还记得遗民们那片乱七八糟的营地，内德就是在那儿被拉扯大的，约翰还记得，祖父警告过他，别靠近那片营地。一条不怎么像样的小溪蜿蜒穿过公路边上的香桃木树丛，树上挂满杜松子酒的破酒瓶和薯片包装袋，透过杂草，可以看到那些有年头的拖车，男男女女坐在草坪椅上，喝着啤酒。

∴

世事无常这一想法令约翰痛苦难当；他根本不肯接受这样的解释。这样的解释怎么能行。约翰发誓，他绝不承认，决定整件事的只有好运（从内德的角度来说）和厄运（从他的角度来说）。他女儿那天去过游乐场，坐了内德负责的骑乘设施（转了十六圈），这一事实让他在两人之间建立起了联系，这一联系最终酿成了一桩罪案；不过这就是全部情况，再没有别的了。每次他试着想象这件事时，总能看到这样的画面：一道巨大的弧光，一道粗粗拉拉的蓝色霹雳，从他家射向那台骑乘设施。这是命运射出的霹雳，是他自己的行动启动了这股力量。在四处游逛了一番之后，内德发现自己来到了她家窗下，猫着腰躲在浓密的绣球花丛里，盯着半开的窗户，他掏出自己的X-Acto[1]刀，割开了尼龙纱窗，只弄出了很轻的沙沙声，刀刃轻松划破了那些方形的网格，就像一只滚烫的勺子搁在冰激凌上，让冰激凌向后化开一样。然后他伸出双手，将双掌抵在窗户底端，把窗子缓缓抬了上去（为了减轻摩擦，窗框的槽里刚打过蜡，这种摩擦会蹭出含铅的粉末，损害大脑机能），他的

[1] 刀具与办公文具品牌。

动作很轻，因此发出的声音跟夜晚常有的响动相差无几：树木在缓缓吹拂的风中彼此刮蹭的声音，或者浣熊在翻倒的垃圾桶边上走动的声音。他像耍杂技似的钻窗而入——他觉得，或者幻想着，全部历史，他想象出来的那些沿着休伦湖湖岸的木头栏杆踮脚前行的祖先们，把他落地的足音变得很轻很轻。

耶稣将畸人身上的魔鬼驱赶出来，把这些混蛋变成一群猪猡，将它们赶下了悬崖，一年后，约翰摸索着寻找答案，读到了这样的内容，他参加了本地福音派教堂举办的圣经研习班，读到这段话之后，他说了句“去它的吧”，便站起身，走了出去，来到教堂后面，那儿的儿童秋千在风中摇曳着。他仿佛听到了那些猪坠下悬崖、身在半空发出的轻声嘶叫，还有它们坠地时的撞击声。他还在某个地方读到过，将魔鬼赶走之后，只会留下一个巨大的空洞，会有更多邪恶的力量潜入其中。

∴

你瞧，要把事情的经过像讲故事，甚至讲述一系列行为那样述说分明，毕竟还是给它披上了合理的外衣，赋予了它某种井然有序的机能；所以媒体提及此事时，只说这是一起事件——当然，出于保护女孩今后生活的考虑，隐去了她的姓名；也没有提到她在事发期间默不作声，一声不吭；内德在可怕的黑暗中潜入室内，做了他做的事，占据公众头脑的，是那些最基本的重要事实：潜入暗室，亵渎了夜晚那安宁、近乎神圣的静谧，亵渎了粉色的花边窗帘和四柱床。

∴

齐普马上就发觉，内德又去干罪大恶极的事了。地平线上亮起了粉色的曙光。高空中掠过一缕冰云[1]。两人猫在毯子下面，不愿离开他们心爱的旋转木马的人字纹防滑表面。他们听到，金属在低温中轧轧作响，起风的时候，摩天轮的一根拉线咯咯直响。哪儿的风也没这座城里的风大，齐普小声说。两人的交谈就像这样，温柔中透着坚韧。有不好的事发生了，从风里能闻出来，内德，他说。远处的树林里传来了警笛声，就像梳子里嵌进了少许绒毛——急救人员和警察，还有那些随行的护理人员，他们来用面谈的方式，撬开女孩的嘴巴了。他知道，他们要再过一段时间，才能从惊魂未定的她那里打探出事情的经过——说真的，他只在短短的一瞬间，对世界彼端（这

[1] 几乎全由冰晶形成的云。

是他心里的想法）萌生出一丝自责：他外婆过去常常透过皮革般坚韧的嘴唇，念叨着那些黑暗凶灵的事——在那个世界的白色里面，有一股黑暗的东西，如果我是你，孩子，我就不去招惹它。你是个该死的印第安崽，就是这样，别忘了。于是他从拖车里拿出自己的帆布背包，用最快的速度把它塞满，亲了亲齐普的嘴巴，就动身去找州际公路了，要是他运气好，就能从那儿搭上便车，到别的地方去。他会改变自己的姓名和身份，找一种新的方式，向世界展示自己，然后像以前那样，重新联系上巡回游乐场，他只要剃光胡子，剪短后脑勺的头发，就可以直接去找内特要活儿干（内森肯定心知肚明，眼前这位就是更名换姓、改头换面的内德）。他知道，巡回游乐场会一路西行，去赶几场差劲的州展览会，帮着撑撑场面，然后再去赶几场俄亥俄州的城镇节庆，再然后就是印第安纳州那些无聊得要死的内地城镇了（他会在那儿，跟他心爱的齐普重新团聚）。

∴

约翰从后往前，回顾了当天发生的种种事件，他画出了图表、流程图，看起来就像描绘计算机内部元件的复杂图形。他仔细从头回顾了那一整天的活动，他先是叫她起床，轻轻推了推她，然后让她吃了冻威化饼作为早餐，一件事引发了另一件事，最后坐上了那台游乐设施。（最后，缉捕内德的全境通报通过传真机发往各地，他在奥尔巴尼被捕。她的床单上和内德拖车里的毛发样本这一铁证，把巡回游乐场与这桩罪行联系到了一起。）事发之后，一班疲惫的警察、医生和社工在附近逗留了很长时间，以此向一家人保证，他们已经尽了全力。这并没有什么用。约翰觉得，种种事件编织成的网，在他不知不觉间散了架，就像一张被冲上岸边的废旧渔网。事情业已发生，已成过去，已然消逝，无可挽回了。已经无可更改了。可他觉得，或许还能更改。他冥思苦想了一年又一年，至死方休。他完全脱离了理性思考的天地，始终停留在魔幻的世界里。他反复琢磨着那一簇电火花[1]，继续过着自己的日子；甚至在几年之后，他（按照社工们的提议）又带她去了另一家巡回游乐场，用这种方式来了却这场痛苦。

∴

这家巡回游乐场后来又去了印第安纳州的莱克顿，在那里

[1] 此处系延续前文电弧和霹雳的比喻。

又举办了一场消防募捐会。在一个像花生薄脆糖一样又干又硬的下午，这伙眼睛发炎的人把游乐设施组装起来，他们把各个部件从平板车上扛起来，懒懒洋洋、磨磨蹭蹭地干着活儿，用木槌敲敲打打，过去，孩子们听到这种声音，会觉得像音乐似的，但如今人们待在车窗后面，基本听不到。城镇边缘到处都是虫子。这片地方的左边，是一望无际的平坦原野；他们右边，是城镇最边上的一栋房子，有位老人独居在此。从这栋房子，从饱经风吹日晒的护墙板，从搁在后院木头长凳上、锈迹斑斑的工具，齐普看出，住在这儿的是个老家伙。果不其然，那个老头儿出来了，他摊开一张草坪椅，取出一只烟斗，把它塞进嘴里。他面无表情，一连瞅了他们好几小时。看吧，齐普心想。我猜对了。一个去日无多的老怪物。自从内德被捕之后，他的幻觉来得愈发频繁，他的“齐普黑话”也变得越发古怪、狂热，其他技师觉得，他说的基本是无法理解的胡言乱语，他们尽可能地躲避着他。基督啊，你不能——这所有该死的虚无，他说。他会下地狱的——干，我还没来得及亲自干他。有些人甚至承认，他们害怕齐普。有那么一瞬间，他倚着自己亲手安装的旋转木马（有几枚螺栓不见了）某一根支撑顶棚的横杆，又陷入了一场幻觉——只见那个老头两眼中间戳着一把刀，插得很深。为了纪念内德，我大概会把这场幻觉变成现实，他大声说。然后他摇头晃脑地甩开了这个念头，就像摆脱冰激凌头痛[1]一样。这座巡回游乐场会一点一点地立起来。活儿干得并不怎么样。过来检查的，会是一个收了好处的州属官员，他正要去看望自己的姑婆，刚好路经此地。往往落满灰尘的灯泡挂在不甚牢靠的基建设施上，游客们来的时候，会觉得整个场地透出可疑的气息，仿佛这里不是什么别的地方，而是暂时安置被人丢弃的牲口的围栏。其实，正因如此，所以他们才喜欢巡回游乐场。这会给他们带来一种蒙受欺骗、背叛、拒绝的感受。他们对这种感受既爱又恨。开业当晚，游客蜂拥而至，一待就是好几小时，离开时心满意足。不得不留守原地的人是齐普，他孤零零地伴着酒瓶，摊手摊脚地躺在冰凉的钢板上，望着那个老头的房子，它四周包裹着黑暗，在黑魆魆的地平线的映衬下，看上去颇为醒目，就像用硬纸板做的道具。它不够真实。它伫立在那儿，就像一件证物，证实着这个世界的虚幻。

---

[1] 也作冷刺激头痛，学名为翼腭神经节疼痛，因吃冷饮而诱发。

巢

防风窗[1]跟凹槽卡得不严，一只蜂后不知怎么钻了进来，建起了它的头几格巢室，之后，工蜂们发育成熟，额外建造出好多单元，又过了些时候，在正对着东边大西洋的左侧角落里，出现了一个圆溜溜的蜂巢，它的对称堪称完美无缺。一天下午，他发现了它们，当时他刚到这座消夏屋不久，它们正精力充沛地忙碌着。它们在窗户顶端盘旋着，从那道缝隙钻出窗外，在院子里寻寻觅觅。遮阳窗帘把蜂巢遮挡了好几天，不过最后，他擦窗户的时候，把遮阳窗帘全都翻了上去，于是便发现了蜂巢，他像被迷住似的，仔细端详起来。这时候，他觉得自己有责任铲除这个蜂巢。要是再仔细观察一天——不管看这玩意儿能带来何种隐秘的乐趣——会显得像着魔似的。拿自己的学科背景，还有自己一向对昆虫学和病原学感兴趣这一事

[1] 也作外重窗，指为预防风暴及寒气，而在普通窗户外面加装的一层窗户。

实，当作仔细研究的借口，在黄蜂忙碌时观察它们的习性，这一举动原本还算平常，到这时，却开始显得有些疯狂了，他站在窗户旁边这样思忖着，一边感受着自己手指的抽搐。作为一名外科医生，他经常琢磨自己的手指和它们在执业方面的价值——他是一名收入丰厚的整形诊所合伙人，专长是给高收入的运动员和乐手做手部整形，标准的指关节手术（他是更换人工关节的高手）、先天畸形整形、腕管修复术做得也不少。让他决定休假的，主要是两大原因:（1）在结婚十八年之后，他的妻子另觅新欢，弃他而去，那人是个年轻的娱乐业律师，名叫理查德·克莱顿;（2）他突然欣赏够了打开的肉体、内脏之类的美景，它们在淡蓝色手术帘的衬托之下，显得愈发靡艳，而他在防止溅血的面罩后面发出的呼吸声——一度多少有点浪漫、轻柔、诱人——已经开始变得叫人心烦，让他想起自己的种种生理机能，以及由不得自己做主的种种生理机能是何等的愚蠢。

∴

他站在窗旁，望着蜂巢，尽量对楼下传来的嘻哈乐节拍充耳不闻，他知道，安德烈娅又不听他的，看起了录像，他应该下楼面斥其非，但他觉得自己不能那么做，其实是不敢那么做，因为不让她看录像，等于剥夺了她的又一项乐趣。如今，她母亲不在了，她能享受到的一切乐趣——除了他能给予的爱——就只有她在海洋夏令营的朋友、海洋夏令营本身、冰激凌（晚上光顾高档冰激凌店，或者便宜的冰镇乳蛋糕小摊）和电视了。在过去两个星期里，她的举止不但变得更加自信，而且有些奇怪的是，她那副满不在乎的态度，也变得更轻松随意了。她那些犟嘴的话仿佛出自某个幽深的所在，用与所说之事毫不相干的奇特角度，浮上了表面，他望着夜色，心里思忖着。所以如果我当真下楼跟她说了，她会坐直身子，耸耸肩膀，关掉电视，一言不发，直到让她刷牙时，她才会发出这样的尖叫：你总是让我做这做那，拿我就像小孩一样。我已经不是小孩了。

∴

他一直在观察蜂巢，屋外的三棵松树和唯一一棵糖槭树周围，暮色渐浓，那棵糖槭树扎根于松软的沙土里，被大片毒漆藤包围在中间。从蜂巢那边望去，可以看到颤动的翅膀熠熠闪光——带点儿金色，更多的是银色。蜂巢内的顶端角落里，有一群暗淡的身影，不过他能看见它们排成的阵型，它们彼此簇拥在一起——也许是为了取暖，尽管外面天气依然暖和。天空晴朗，繁星点点，再过几个小时，气温就变凉了，到时候，他会像往常一样，再一次上来观察它们，然后回去努力入睡。它们会保持不动，微微颤抖，用触须探索着、检查着，在沉睡中保持警觉。他会发觉，自己的观察模式未免有些奇特。这是他第二次在夜里来到窗前——安德烈娅仰面躺在她的床上，身上裹着乳白色的床单——在上床以前，再看它们最后一次。下午，他上楼来研究蜂巢，望着它们从缝隙钻进钻出，它们在铝合金窗框边缘稍作停顿，便钻进笼罩着院子的薄雾当中，它们先是微微下降，然后便沿着精准的路线向远处飞去，就好像它们知道自己要去哪儿似的。

∴

没准儿它们真的知道。它们的进进出出颇为连贯。溽暑中，蜂巢呈半满或半空的状态。运气好的黄蜂会带回少许食物、残破的绿叶，有一次还带回了一只蜘蛛——工蜂们将它奋力咬碎，推入巢室。（能看到幼虫在巢室里扭动着柔软的身子。）这天下午，蜂巢让他回想起他们最后一次合家团聚的情景，当时他和莉迪娅刚出席过胡克山小学的春季音乐会，听了安德烈娅和管乐队一起吹奏长笛。那堆多半跑调、杂乱无章的音符凑到一起，不知怎么，就变成了一首名叫《十字霜糖面包》的歌[1]。乐队指挥弗兰克先生格外卖力地上下挥舞着指挥棒，明摆着，他是想让观众把注意力集中到自己身上，忽略乐队糟糕的演奏。不过现在，他觉得自己对蜂巢的反应有些奇怪。他凑到玻璃跟前，小声对它们说：哦，你们天生秩序井然！哦，你们会接管这个世界。哦，你们这些适应能力强得可怕的生灵！

∴

他当然无法入睡，不光是因为悬而未决的离婚带来的精神紧张，女儿呼吸声中的杂音也是原因之一，那种杂音是扁桃腺肥大导致的睡眠时呼吸暂停所致——很可能是这个原因——扁桃腺肥大扰乱了她的呼吸节奏，扰乱了那些岑寂无声、呼吸停顿的时刻，然后她那些由不得自己做主的生理系统就会启动起来，开始大口吸气，这种声音会把他惊醒——倘若他已经幸运入睡的话。他的朋友詹克斯作出诊断，说她有可能已经患病

[1] 一首英文儿歌，同时也是复活节歌曲。

多年。——只不过你最近才发现而已，拉斯，因为你夜里没睡着，所以才发现她呼吸有问题。我觉得这跟家庭关系紧张没有关系。这可不是什么身心失调。

∴

早晨，安德烈娅去夏令营之后，他望着它们，一边品着咖啡，观察它们的活动，一边自言自语。哦，你们在世间无足轻重。哦，你们能胜任繁重而琐碎的劳动！哦，你们精准而优美的作业！他用手指触摸着自己的嘴唇。下午，热浪毫无停歇之意，炙热难当。烈日当空，色如白垩，放射出乙炔燃烧般的纯净光芒。他心想，蜂巢就像可怕的预言家。安德烈娅害怕蜜蜂、黄蜂和小飞虫。倒没到恐惧症那么严重的程度——因为她肯去海洋夏令营，他觉得，她在靶场肯定能碰到虫子，他们上午先在那儿射箭，把箭射进蓄满干草的圆形垫子，然后再乘船出海。（爸爸，就连你自己的心跳，也会给射箭带来影响；就连你的心脏，也会让你射得一团糟，爸爸，她说。）不过她很容易被飞虫吓到。他和莉迪娅总把她的这份恐惧追溯到以前在西班牙的时候。给她的这份恐惧追根溯源，似乎是深切关爱的表现；身为父母还要充当侦探的难度，给这件事平添了乐趣，也把它变得无比复杂。她最早一次挨蜇，是在距离莫哈卡尔[1]大约三十英里的地方，白色海岸[2]的一个小村庄里。他们落脚的房子建在俯瞰地中海的悬崖上。时值黄昏，夕阳低垂，斜照在卵石上，他们走在与公路平行的小路上，从几栋临街公寓旁边走过，穿过盘曲的小道，来到住处所在的平顶山头，风习习吹来，房子刚刚作过粉刷，在渐趋黯淡的余晖中显得煞白，四周是碧绿的草木。半空中的风从院子后面的短波发射塔的钢缆线中间吹过。这栋别墅的主人原先找他看过病，是联邦储备银行系统一名退休的副行长，名叫康纳斯，他的手腕一度病情严重，初期关节炎让腕管的病情雪上加霜。（都是搬金子累的，他打趣说。那可是真材实料。我们不是高盛集团，但我们的重金属也不少。钱可不是小事。我在这件事上动过不少脑子，我敢说，你能理解我的这句话：我干的工作，好多连我自己也搞不明白。）白色石料铺就的私家车道从屋后延伸出去，车道一侧是一堵板石砌就的墙。他们每次从海边回家，她都会爬上去走，步子迈得相当谨慎。那天晚上，他们走在她身后几步远的地方，望着她。那个蜂巢就在两块石头中间的缝隙里。那一次，她踢到了蜂巢。好几只黄蜂蜇了她的后颈——啊，那苍

---

[1] 西班牙安达卢西亚自治区的一个市镇。

[2] 指西班牙阿利坎特省一条 200 多公里长的海岸线，因其拥有白色沙滩而得名。

白、娇柔的皮肤！还蜇了她的双脚——哦，那双小脚！他们抱着她，安慰她，跟她解释，黄蜂并不是什么邪物，它们其实很乖。是些奇特的蜜蜂。是些好蜜蜂，他们说。这些蜜蜂软软的、呆呆的。蜜蜂跟她一样吃惊，或许还跟她一样害怕，没准儿比她更害怕。在蜜蜂看来，你是个巨人姑娘。对蜜蜂来说，你是个庞然大物。蜜蜂怕你。蜜蜂胆小如鼠。他们努力尽到父母的本分，把事情解释得真真切切、清楚易懂，让她明白自然界有多么复杂，但她还是哭了太长时间，还在半夜醒来呼救，从那以后，看见任何模样像是会蜇人的虫子的东西——苍蝇、小咬、蚊子，甚至还有小鸟——她都避之不及。哦，你们这些出色的生灵，他冲窗口的蜂巢低语着。他想给它们唱歌，仔细观察它们，把手伸上去，摸摸看。他的手指颀长而秀美。他把身子抵在窗玻璃上，望着它们。黄蜂几乎没有注意到。它们瞥了几眼，慌乱了几下，不过它们忙得厉害，没有对他多加留意，因为白天的气温升上来了，高温就是它们的能量源泉，它们必须按照气温的凉热活动。阳光在院里的棚屋上悄悄移动着。阳光向干枯的草叶发起猛攻。树木击打着凝滞的空气。他把手指平按在窗户上。他的指尖要比多数人长得长。他喜欢想象，某种宿命寓于指尖的形状之中。但他知道，情况并非如此。命运就像一件正反两面都能穿的外套。因为安德烈娅害怕这东西，他一定得赶在这些黄蜂前面，趁它们尚未给她被扁桃腺增生扰乱的睡眠带来噩梦，把这个蜂巢给除掉。

∴

后来，当天下午晚些时候，小憩片刻过后，他把手伸进了蜂巢。消夏屋的窗户离地面挺近，所以他只好弯下腰，才能把胳膊伸进两层窗户中间，等他摸到蜂巢的时候——蜂巢一下子乱成一团——他的手，整条手臂，还有肚子，都挨了蜇。在他种种行为的背后，可能有以下几种原因：

（A）基本的受虐倾向 / 把受苦作为深入内心的手段；

（B）更深层次的、急于示好的紧迫感 / 与蜂巢的那些小套间建立起切实的接触；

（C）一种基督教式的救赎的范例 / 运用痛苦，寻找重生的方式；

（D）在做外科医生时偶尔会遇上的失败，与他想让自己的右手，他做缝合术的那只手遭受剧烈疼痛的愿望之间，存在着直接的联系（见 A）；

（E）一种笼统的疲惫和厌倦感，让他不管不顾地想要做一件蠢事，因为他之前一直在精打细算，在琢磨着这种情况：

他敲打窗玻璃的时候，一瞬间，多数黄蜂都会像兔子一样定住身形，没准儿他能赶在它们蜇人以前，把手伸上去，摸摸蜂巢；他受够了前思后想，因此直接付诸行动。

他把手伸上去之前，心想：作为一个男人，独自跟女儿住在消夏屋里，花两天时间盯着一个蜂巢看，未免有些奇怪，也许通过正面硬撼，姑且这么说吧，我起码能找到用杀虫剂消灭它们的勇气。他的确从蜂巢上感受到了一些东西，黄蜂身上柔柔的暖意；那层灰色薄膜的纤薄易碎，还有巢室的里面，有个柔软、适龄、能变换形态的生命体，因为他用手指摸了蜂巢一秒钟。他把手往回猛地一撤，撞在防风窗上，碰碎了玻璃（那个窟窿就像一轮尖尖的弯月），然后他把手从下面抽了出来，拍打着钻进屋里的那些黄蜂，摸到窗户的顶端，把它给关上了，他还在到处拍打，像在跳舞，他一边在地毯上四处跳着快步舞，一边设法熬过那股锥心的痛楚——那几下蜇刺就像针尖扎的一样——同时设法躲开那只像是要作出反击的小虫。他关上她卧室的房门，穿过走廊，在自己床上缩成一团，小声咕哝着，尖声细气，怪声怪调，状若疯魔。要是你意外撞见这个蜷缩在床上的男人，准以为他疯了。他咕哝的话憋在嗓子眼里，声调越来越高亢。他搂着自己的身子，抱紧双膝，发出怪叫，发出痛苦的呻吟，让人不免想起密歇根精神病院的病人，那些苦恼而纯洁、被独自隔离的人，他们因为大脑的某一项功能失灵，变成了所谓的残障人士。看到他，你马上就会想起这些人，你会告诉自己，这是个搞砸了的男人，身陷奇特的处境，他刚刚伸出手去，想要抓起黄蜂的蜂巢。

∴

原先，他跟妻子莉迪娅婚姻美满的时候，有一次，医生把车停在院子里唯一一棵枝条低垂的槭树下面，他把行李箱里的东西取了出来，这时他感觉头顶有东西擦过。他吓了一跳。直觉让他缩回了身子。那个胡蜂蜂巢很大，搭建在一根低垂的树杈上——是那种旋涡状的结构，一片片纤薄的薄膜（像羊角面包）围起一格格巢室。一只只胡蜂从中间的一道裂口里钻出来，他实在走运，他在厨房里把莉迪娅搂在怀中，告诉她说，竟然没有被蜇到。——我是说，我就站在树干边上，上帝啊，蜂巢就在我头顶上。他们一起来到屋外，端详了一阵，从蜂巢绕着枝叶而建的灵巧中，感受着那份冰冷的神秘。过了些时候，傍晚时分，他来到外面，这时嗡嗡的声音已经消停下来——所有胡蜂都回窝了——他把杀虫剂喷进了蜂巢。翌日早晨，他用一根树枝把它敲了下来。死掉的胡蜂撒落在车道的白色石头上。支离破碎的蜂巢看起来小小的，脆弱不堪，瘪了进去，就像一头动物的尸体。几只幼虫在蜂窝里轻轻扭动着。仁慈起见，他也往它们身上喷了一些。

∴

他再次站在女儿窗前，观察挂在上方角落里，夹在防风窗和竖铰链窗扇中间的蜂巢，它是春天建成的，当时这栋房子门窗紧闭，蜂后找到了窗户与凹槽配合不严的缝隙——大概是窗框的做工有瑕疵——建起了它那处小小的中央结构，在里面孵育出了工蜂，如今它变成了这一大窝腰身紧窄的黄蜂引以为傲的主人。他站在窗边，回想起一个名叫巴特雷斯的病人，他是个阿根廷钢琴师，在一场术前会议期间，曾把手伸过他的办公桌，说：——你有一双绝妙的手，手指真漂亮——这样的手指能弹好八度音——我真想把自己的整个音乐生涯交给这样十根手指。巴特雷斯是个天才，五岁时，他第一次触摸琴键，就凭着自己的耳力，一下一下地敲击出了贝多芬的《悲怆奏鸣曲》。这位钢琴师觉得自己的本领十分神秘，是命运赏赐的礼物，因此摆脱不了命运心血来潮的捉弄。他是个紧张兮兮、失魂落魄的家伙，总要别人悉心照料，要别人详细解释风湿性关节半脱位是怎么回事，要弄明白手术的每个步骤是怎样的，骨头和关节附着处的开裂是怎样的（说到这儿，医生把一枚用来取代人体关节、泛着光泽的圆形氧化铝小球递给他，望着巴特雷斯用拇指和食指把它碾来碾去）。手术失败了。愈合不良。几个星期之后，这名病人闷闷不乐地坐在他办公桌前面的椅子里，裹着绷带的双手沉重地搁在膝头，他嘴里咕哝着一段祈祷文，眼里湿漉漉的，目光空洞。他像对待其他病人一样，好言好语地告诉钢琴师，愈合不良是上天铸成的大错。这话说得很不专业。不过这话能给出这样的精神暗示：总有一些关节无法修复如初，在某些患者体内，那些氧化铝小球徒劳无功地滞留在湿滑的机体组织里。

∴

他刚拿杀虫剂朝蜂巢狂喷了一气，这时正站在窗旁，端详着一只不知怎么大难逃生的黄蜂，他给这只黄蜂起了个“唯一幸存者”的绰号，它跨落在窗户的凸缘上（他觉得，窗玻璃跟窗框接合处的这块凸起，是工厂加工时的缺陷），把腿塞到颚里，仔细清洁着自己的身体，似乎并不知道自己的同胞已经罹难，它们多数已经死掉，坠落在下面的窗台上，激烈地扭动着身子，跳着扭曲的舞蹈，把杀虫剂蹭到自己身上。那些没有被杀虫剂直接喷中的黄蜂，在毒雾中疯狂地飞了几秒钟。他往蜂巢里又喷了一下，嘴里嘟哝着：这下应该搞定了。然后他下了楼，把自己的咖啡续满杯，又回到楼上，只见那只"唯一幸存者"还在蜂巢顶端转悠。几天来，他一直在观察它们的习性，它们如何分工合作，让蜂巢保持活力，如何往院里子钻——这个夏天热得要命——寻找食物，带回小块的美味、少许蛋白质食料、落叶，有一次，还带回了一片看起来很像薯片的东西。他每次都会待上好几个小时，只有上厕所或吃饭的时候才会离开，还有一次，是开车进城买几片木瓦的时候——闻闻包装纸的气味，把沥青板丢进行李厢时，感受一下它们沉甸甸的触感——因为他从她的窗户望出去时，注意到，他给莉迪娅在院子里搭建的、存放她的园艺工具的那座棚屋，需要重新缮瓦了。黄蜂的工作十分错综复杂，正是这一点令他着迷；吸引他的还有蜂巢的偏僻和宁静，另外它们的狂乱中，下午最炎热的时段它们那轻盈的活动中，似乎深深蕴藏着一股深意，它把蜂巢变得像某种曼陀罗[1]一样。伫立在窗旁的他，想找出合适的

[1] 也作坛城，印度教密宗与佛教密宗中象征宇宙的图形。

字眼来形容它。因为睡眠不足，他精疲力竭，而且他昨天已经干了一桩惊人的怪事，把手伸了上去，想要抓住蜂巢，结果整条胳膊，还有肚子都挨了蜇，这也是理所当然的事。他感觉到，自己胸中有股颓丧的感觉。

他觉得透不过气来。想哭的欲望把他的肋骨憋得生疼。那只唯一幸存者在院子里寻觅了一番——高空的卷云从大西洋席卷而来。乳白色的天空中，一只海鸥从三棵松树和一棵槭树上方掠过。这棵槭树呈深绿色，它的枝条无拘无束地肆意伸展，树根尽可能稳固地扎在松软的土壤中，毒漆藤把它围拢在中间。那只唯一幸存者正在仔细打量远处的风景，抽动着紧贴在它那优美胸节上的翅膀，它那副点缀着一道红色条纹、闪闪发亮的黑色躯体在颤抖着。一阵吹向内地的和风拂过土丘的顶端。它扇了扇翅膀，抽动了一下触须，然后——这时医生咕哝着，请等一下，原地待着，别动，我的小朋友，我有话要对你说——颇有技巧地飞了起来，先是稍稍下降，然后就变成了一小团模糊的形影，融入了飒飒作响的大片叶丛，医生纵使竭尽全力，也无法盯紧它的身影，他柔声自言自语，我不知道该拿所有这一切怎么办，这时，他听到了楼下传来的声音，夏令营的迷你巴士停靠时，把砾石碾得咯吱作响，柴油引擎轰轰作响，然后安德烈娅走进厨房时，楼下的纱门发出砰的一声。

∴

最后，他会下楼，来到厨房，在她身旁坐下，而她会吃着饼干，喝着牛奶，用她刚学会的新词——调转航向、顶风前行、抢风行驶——讲述她在海洋夏令营的冒险经历，她还会讲她怎样往干草扎成的靶子上射箭——瞄准时要屏息凝气——展开三角帆是什么样（就好像，就好像巨大的炮弹在风中炸开一样），还有，等到最后，再过几天，他们还要迎接考试，检验自己学到的知识，之后，他们对单桅帆船驾驶的学习就告一段落了，他们可以乘坐更大的船，去陆地上极目眺望也无法看到的深远海域了，当然，少不了辅导员的陪同。他会留心聆听，把手放在她的手腕上，放在她前天晚上挨蜇的部位上，当时他正在烤肉；而她冲进院子，把胳膊抡得像风车一样，左躲右闪地穿过几棵松树，攥着手腕倒在地上。他会对她说，——你现在好点儿了，是吗？她会点点头，用手指揉按着挨蜇的部位，他会想象她站在训练用的单桅帆船船头的样子，她下盘稳固，双腿微分，能利用船身的起伏，站得稳稳当当。她从西班牙那堵墙上走过，已经是好多年前的事了。岁月夺走了原本令他们紧密相连的爱意。他心里想着这件事，握住她手腕的时间未免太长了一点儿，他回想起自己在和平时期，在航母上做外科医生的滋味，那时他真正的任务只有一样，那就是打扮体面，出现在那不勒斯，他还会想起，他给莉迪娅买的那辆阳光牌阿尔卑斯小敞篷车，还有她从罗马开着这辆车，到港口来接他，他买通了军需官，让他允许轿车上船，起重机把轿车吊起来，稳稳当当地放进底舱。她会把自己的手从他手中抽出来，柔声问道，——爸爸，爸爸，你没事吧？你有些怪怪的，她的声音会越来越深沉，而他会对她的话充耳不闻，他会伸出手去，把她额头被海水浸硬的少许发丝拨开，露出她的额头，让自己看个清楚，他会看到，阳光的曝晒令她脸上的雀斑变得颜色更深了，她的眼睛多了一层更深的蓝色，还有少许的白色，它们看起来，至少在这一刻，美得惊人。

密歇根州死亡之旅

公路

公路教人昏昏欲睡：双车道由南黑文向东延伸，从荒废的蓝莓农场、饱经风吹雨淋的住房旁边经过。总会有一对名叫朱迪和杰克的男女，吸过大麻，飘飘欲仙地坐在后座，浑浑噩噩、温柔地搂抱在一起，直到轿车越过道路中线，跟一辆把成箱樱桃运出特拉弗斯城的牵引大货迎头相撞。然后大批水果、鲜血和火花就会洒遍乌黑的路面。

支索[1]

我们认识的一个孩子，在马斯基根[2]那儿的偏僻小路上冒

[1] 用来固定或牵引用的拉绳。

[2] 美国密歇根州西南部城市。

冒失失地玩儿飞车，在轰鸣声中掉头转向，把雪一片一片地扬向天空——他始终安然无恙，直到暮色降临，树木的边缘隐没在蓝色之中，其他一切全都变得模糊不清，包括电话线杆上的支索，支索把他的脑袋轻巧利落地割了下来，他的头颅在林木线的映衬下凌空飘飞着（或者说，在我们的想象中，应该是这样的）。（我们感到好奇的是，他的脑袋把思维保持了多久，在暗影滑落之前，他那双眼睛看了多久的雪景——如果它们还能看到东西的话。）雪地车造成的斩首事故，是每年季节更替时必然发生的死亡事件。

冰

11月底，一车瘾君子抽着水烟枪，把面包车开上了瓦隆湖，当时第一轮冰冻期刚刚过去，享受冰面的硬度，是种不容错过的绝佳乐趣——刚上冻的冰还是半透明的，很像打枪时瞄准镜中有待调整的视野——把面包车开到这样的地方，实在太诱人了，就在短短几星期之前，这里还水汪汪的，水浪还在拍打着船身。所有孩子都来钓过鱼，湖里积满淤泥，水挺浑的，睡莲的叶子占据了南边的湖面。这些孩子放线钓鱼时，知道船底下的水有多深。每个人都乘过绑着油桶的筏子，坐在筏子上，聆听着午后柔和的水声，还可以像上帝在云端凝望下界那样，凝望着泛黄的湖水深处。很快——再过一个礼拜左右——湖心那儿的冰面上，就会搭建起捕鱼的小屋，所以把面包车开到湖心那儿去，是很自然的事。尽可能地检验冰的硬度，对飘飘欲仙、乐呵呵的他们来说，再自然不过。直到靠近湖心的地方裂开一道大缝，吞没这部机器，让湖上的世界重归寂静为止。

衣衫单薄

一个孩子拄着滑雪杖，外出越野滑雪，他把滑雪杖插进雪里，用力后蹬——质地坚硬的蓝蜡[1]扬起雪粉，在雪地上留下压紧的弧线——然后登上一座小丘，在一片被通往芝加哥的宾州中央铁路一分为二的地界上，留下了人字形的印痕，铁路以外的地面依然保留着原始的自然风貌，生长着灌木，夏天的时候，本地的越野摩托车手很喜欢这里，他们在小丘上留下了纵横交错的条条辙痕。所以他放慢速度，稍事休息时，除了感到疲惫，身上还大汗淋漓，他呼出的气息消失在零度以下的空气中，他感觉到，寒意停留在背上的汗里，滑进了他的屁股。为

[1] 指滑雪板上打的滑雪蜡。

了保持温暖，他继续向前滑去，当他登上另一个土丘，朝凹地滑下去时，他的雪橇撞上了树桩，他摔倒在地，扭了脚踝，感觉身体被紧紧地夹住了。他是悄无声息地死去的，先是坠入无法看透的黑暗，继而坠入不由自主的睡眠，脑袋朝下，埋在柔软的雪里。

鱼

一点钟的时候，四个孩子在克罗格超市的停车场里，在渐渐消散的热气中闲晃，往天上扔（偷来的）日光灯管，每次扔一根，望着它们飞旋着掉下来，摔得粉碎，飞迸的玻璃碴就像绽放的花朵。紧接着，比剑开始了。一个名叫厄尔的孩子抄起一根灯管，朝另一个名叫斯坦利的孩子举着的汽车挡泥板猛掷过去，后者反过来狠踹厄尔的屁股，并不是闹着玩地轻轻一碰，而是结结实实地踢中胯部，直取两腿之间，鞋尖儿踹在了阴囊上。卵蛋挨踢的孩子做出种种夸张的惨状。他手捂裆部，发出长长的低吟，栽倒在人行道上。这场打斗进行的同时，另一个孩子把好多辆购物车往一座水泥电缆塔里推。然后他把一辆购物车弄翻，爬上去狂踩。所有这一切，都有车载广播伴奏。（可能是当时时兴的哪支金属乐队，很可能是本地的音乐天才，伊基·波普或者泰德·纽金特。[1]）厄尔弓着身子，默不作声地流着口涎。这时踩购物车的那个孩子扶起一辆购物车，把它朝一辆蓝色“飞羚”[2]推了过去，在暗淡的光线里，轿车的颜色不甚清晰，购物车撞在了车前灯上。这下惹恼了那个叫斯坦利的孩子，他抄起另一根灯管，朝推购物车的孩子逼近。（别忘了，这帮孩子都是好朋友，他们只想变着法儿地消愁解闷，这种愁闷颇有密歇根州的特色，另外他们这样做，还能多分泌一些睾丸酮，好让他们服下的安非他命如虎添翼。当天晚上早些时候，他们去鱼卵孵化场大肆破坏了一番，把装在黄色纸箱里的耗子药倒进了收集槽，等着鱼浮上来，鱼的确浮了上来，变得大睁着眼睛，就像遭到了背叛，它们横着身子漂在水面上，直到水槽顶部——在柔和的星光下——变得像是一床缀满亮片的被子，那些亮片全是死鱼的鱼鳞。）所以拥有这辆车的那个孩子（斯坦利）去对付推购物车的孩子时，不光像一心想要报复的人那样决绝，还有一股别样的热切，就好像对方跟自己有共同的纽带，怀有同样的爱恋，就好像在走近镜子里的自己。他握着灯管，朝朋友脸上猛地一甩，灯管在一侧颧骨上

[1] 伊基·波普（Iggy Pop）有“朋克教父”之称，泰德·纽金特（Ted Nugent）是摇滚乐明星。两人都是密歇根州人。

[2] 美国雪佛兰汽车公司的一款经典家用车型。

撞得粉碎，然后不知怎的，断开的裂口像刀刃一样，深深刺入他的脖颈，斜着向下扎进了颈动脉，冒出了不少血沫子。所以这孩子倒在人行道上时——他“咕咚”软倒在地——已经大量失血，正在屈从于死亡，就像在费舍尔车身制造厂喷漆室里的人，在羊皮纸造纸厂看滚轧机的人，或者在格子花出租车公司[1]安装门把手的人，在操劳一天之后，倒在软绵绵的枕头上一样。

彗星的尾巴

查伦以做实验的招摇劲头，尝试过所有的玩意儿：可待因[2]/ 酒；安定 / 看起来太小，吃了也不会有事的神秘绿色小药丸，看起来就像外婆的糖精片。然后，她在霍顿县附近的度假屋旅馆，尝试了这种紧绷绷的小安非他命片，这是那种老式的公路旅馆，挂着霓虹招牌：“水床 / 有线电视”。狭长冰冷的摇橹小船停在岸边——迈伦号、基威诺号、皮瓦比克号——船身直掉铁锈。对那些伐木工人，对那些下巴留着胡子，在德卢斯和苏圣玛丽运河之间磨炼过性格的人来说，度假屋旅馆就

[1] 以上三家公司均系密歇根州本地企业。

[2] 用鸦片制成的止痛镇咳药。

像家一样。旅馆的卫生间返潮，生出了霉，浴缸龙头滴落的金色锈渍，看起来就像钟乳石。她是从一个叫厄尔的小子那儿买来的，他憔悴，消瘦，有点驼背，自个儿在指关节上文了这样一些常见的字：耶稣基督。他龇着牙，笑着强调，她一定会爱死这些药片的，绝对的，她会爽得没边儿，到时候怎么感谢他都不为过，他用两根夹得严严实实的手指，把那个亮晶晶的小袋子递过来，引诱她付钱。她又怎能拒绝呢？倒不是因为，她知道他的货色确实不错，或者她相信他的说辞，而是因为这个漂亮的小封口袋[1]让她没法说出不字来。她有种无路可退的神情，下颚上的皮肤绷得紧紧的，少了一些牙齿。她眼看就要走到一条路的尽头，他会帮她一路走到底，或者帮她走上另一条路。所以在他离开，去花自己赚的钱，而她服下那些药片时，没人看到她大口喘息的样子，她嘴里说着哦，同时脑子里也是这样想的，我要昏过去了，彻底昏过去了，我要掉下去了，我正在下沉，在探索太空，在星际遨游，我正在下行，我正在溜走。还没等她看到上帝（如果真有上帝的话）和窗外的港口景色，她就死了——颜色像钢一样、软绵绵的波涛上，有一艘矿砂船在快速驶向苏必利尔湖的湖心。天空有种硬邦邦的质

[1] comet bag，带封口条的塑料袋。其中的“comet（彗星）”即标题中的彗星。

感，天边有种亮蓝的色调，加拿大那个方向笼罩着一层白色的薄雾。再过几小时，清洁女工就会发现她的尸体，她的一只胳膊甩在身后，就像跳弗拉明戈的舞者，米黄色的床罩衬托出她皮肤的苍白和光亮，她的嘴巴发出最后一次叹息之后，一直张着，仿佛她的呼吸还在，依然流连不去，不成形状、顽强有力地萦绕在最后说出的某一句话周围。

卡尔卡斯卡[1]的幕间休息

一名女招待穿着浅绿色制服背心、皱巴巴的衬衫，小小的铭牌上写着“莉比”，她手拿拍纸簿，例行公事地重复着“有什么能为您效劳的”，挂在右边嘴角的一抹笑意要比左边来得明显，她的屁股也是一边高一边低。这是一家卖燕麦烤饼的店，多数顾客年纪偏大，收银台那儿有卖薄荷味牙签的自动售货机；店堂正面的大窗冲着那条老州级公路的好地段敞开着。天气晴好，她在那只绿色垃圾桶后面抽烟，撅着嘴唇，呼出一缕细细的烟雾。在这样的休息时间，她能感受到某种快意，某种振奋，这种感觉跟她在生活中背地里、明面上付出的辛苦而

---

[1] 美国密歇根州地名，卡尔卡斯卡县内还有卡尔卡斯卡村。

乏味的操劳截然不同。她吸了口烟，感受着照在自己的脸颊上的阳光，还萌生出这样的感受，虽然短暂却很强烈，那就是她深深扎根于此时此地。星期一，她会请假，驱车北上，风驰电掣地开到霍顿县，趁约翰还没去给皮瓦比克号矿砂船当船长，去跟他见个面。他至少会离开一个月，那艘船会沿圣劳伦斯航道行驶[1]，穿过巴拿马运河，靠岸停泊，然后返回墨西哥的一家铸造厂，卸下一批铜矿石。

猎人

他在林中徒步走最后一英里时，脑子里空荡荡的。两天来，他只打到几头没多少活力的鹿，任由它们的尸身腐烂或冻硬，当然，他这样做，并不合规矩。他喜欢冲毫无防备的鹿开枪的感觉，鹿还没等转身跳开，就瞬间呆住了。不过他这人心肠并不狠。他的怀炉电池耗光了。双脚也已经冻麻。他把橙色的安全背心折叠起来，围在腰间。他叫詹姆斯，做的是管道工这一行，不过他只接工业方面的大活儿，耗费数月之久的项目——主要是铺设塑料管道，在接口那儿刷胶，惬意地吸入胶

[1] 美国—加拿大航道，该航道位于上圣劳伦斯河，将大西洋同五大湖连接起来。

水的气味——同时，他不接家庭施工的小活儿，这样，他才能一连外出狩猎好几星期。在冰冷、晴朗、美丽的冬日早晨，他来到了马斯基根附近的州属林区，这里能闻到松脂的气味，在灰色的冬日黎明，防风林的林木线显得清晰分明。他心平气和。他踏地无声。所以某个刚学会打猎的孩子，从他身后的树林里，用步枪射出的那枚点22口径的子弹——飞射过来，优美地旋转着，那股旋转将它稳稳托起——沿着清晰的弹道朝他的胸膛飞去时，若是飞得够慢，那它悠悠穿越的，或许是密歇根州有史以来最美妙的瞬间。

小湖湾

过了位于圣伊格纳斯以西十英里处，俯瞰密歇根湖南边长长尖角的那座桥，可以极目远眺，一直望到芝加哥那边，在夏季的某些夜晚，可以看到那座大城市的海市蜃楼浮现在云端；靠近一排——总共六座——摇摇欲坠、按周出租的消夏棚屋，这些棚屋的护墙板裂了缝，变形的地板上有不少沙子；沿86号公路走不多远，在路边的饰品摊——建成巨大的圆锥帐篷形状，矗立在那儿，作为对历史谬误的证明——可以买到兴许是原住民制作的工艺品。那儿有个长发美女帮父亲站柜台，那姑娘叫斯凯，生着十分漂亮、深邃、水灵的眸子和深褐色的皮肤，她招呼顾客时，有种忸忸怩怩的温柔、卖弄风情的活力，能把那些游客僵硬、晒黑的双腿给引到店里来，有助于推销货物；在小湖湾上方，沙丘前端的下方，一排给风声添上柔声细语的松树下面——那是一种干涩的、仿佛扎根于永恒的飒飒声，人们不免猜想，这种风声就是他或她最后听到的、越来越微弱的声音：松针随着阵阵袭来的风摇曳不定，风送来了湖水的气息，不是海水的咸腥，而是别样的气息，某种黑魆魆的深潭散发的气息，冬天，高耸、硬邦邦的波浪冻结在湖畔，俨然成了冰的宫殿，孤寂的气息在湖畔沉落下来，那里只有水和冰的声音，与被风吹得摇来摇去、给天空挠痒的那些树的声音融合在一起。过了那座桥，往西走不多远，就是多年以前，马凯特[1]放眼远眺的地方；就在环拥着小特拉弗斯湾岸边的大宅以北三十五英里处，这些大宅是用芝加哥大亨的财富喂肥的，它们那树木修剪整齐的院落一直延伸到私家的海滩沿线；就在离那条湍急汇入瓦隆湖，在石头上汩汩作响、冒出水泡的小河只有五十英里的地方，州警沃伦·格雷夫斯在小湖湾里发现了这

[1] 雅克·马凯特（Jacques Marquette，1637—1675），法国传教士，1673年与法国探险家路易斯·朱利特（Louis Jolliet）一道，对威斯康星、密西西比和伊利诺伊河作了详细考察。

具尸体，他能肯定，这桩案子破不了，因为尸体已经经历了四季的流转，皮肉和证据都已经荡然无存。这位警官转过身去，沿着小路，穿过公路，来到沙滩上，在那儿抽了一支烟，他用从容的专注神情凝望着湖水，风在水面上吹起了不到一寸高的微波细浪，这些细浪反过来，又在漾起波纹的大片橘红水面上，收集着落日的余晖。哪怕最心不在焉的旁观者也会发现，下面两者之间存在着清晰可辨的关联：（自然或非自然的）暴力在沃伦·格雷夫斯身后的小湖湾里留下的后果，以及他面前洒满湖面的血红残晖。

秘密金鱼

他[1]的背鳍旁边生着怪异的囊肿，他还怪模怪样地大张着嘴，你从老一点儿的鱼身上，常能见到这副怪相。就鱼缸的尺寸而言，他的个头未免太大了些，他的年龄早就超出了金鱼的标准存活年限。那又是多久？个把月？他已经六岁了——作为金鱼，已经怪老的了。有天下午，特迪——那时他还叫这个名字，如今他只是特德——注意到了鱼缸的情形：一抹阳光穿过他的卧室窗户，投向水面，随后便消失了。水变得太过浓稠，都快结块了，鱼大概还在这团油泥里游着，要不然就是已经死了。很可能已经死了。鱼在哪儿？鱼在哪儿呢？特迪喊起他妈来。她走进他的房间，看到鱼缸的模样，不由低声惊呼。又一条鱼被他们给忽视了。

[1] 英文里常用“他”、“她”来指代动物，此处有特殊意味，予以保留。

∴

这种事谁都知道。孩子们再三央求：求求你了，求求你给我们买条鱼（或狗）吧，我们会喂的，我们真的会，我们会照顾好它，你什么都不用管。我们会拿刷子清洗缸壁，保证定期更换过滤炭，水要是蒸发了，就往里面添水。求求你了，求求你了，我们能搞定，我们现在已经够大了，真的，肯定会很有意思，肯定会的，很有意思。不过到头来，他们做不到。他们总是倒进去太多鱼食，不管你跟他们讲多少遍要小心，只能捏一小点儿，甚至在他们读过调子如同圣经的故事——讲鱼吃得太多，长得太大，水钵容纳不下，结果撑破了钵壁——之后，他像发疯似的不停吞食时，他们还是看得眉开眼笑。望着他吃东西，观看一则事实——金鱼的饥饿程度始终很高，从无变化——活生生地呈现出来，蛮有意思。在鱼类世界的形而上学里，暴食并非罪过。小片鱼食轻轻落在水面，靠表面张力停留在那儿，又被无比急切的嘴唇咬开。（在确定孩子们没有喂他的日子里，）她也会投食过量。她抖落鱼食时，也拿捏不好分寸。那些松软的薄片受了潮，像串通好了似的，把它们怠惰的癖性集结到了一块儿，所以罐子里经常掉出一大团来。真的，她没有忽视这条可怜的鱼。“忽视”这个词似乎太过沉重、别有用心。在家庭舞台的混乱局面中，有些事注定会出溜到边儿上。但鱼从恶劣环境中存活了下来。在所有大难不死的金鱼当中，他是它们的王。

∴

她本人小时候养的金鱼——名叫弗雷德——最后那段日子，是在格雷林潭里度过的，那是密歇根州北部，她家附近的一个小池子，是州自然资源部拿挖掘池塘的拨款挖的。（谁也搞不懂，已经有了大湖[1]的州，干吗还需要更多池塘。）池塘里点缀着大片睡莲的叶子，池水泛着黯淡的黄色，水黾在上面激起点点涟漪，这片池塘简直就像沼泽。希望你能活下去，弗雷德，她父亲说着，把那条鱼从桶里倒进池塘。她没忘记她心爱的鱼儿从桶的边缘滑落，乘着玻璃纸一般的水流钻进池塘的情景。那年夏天，余下的日子里，她一遍遍想象着他那橙色的鱼身——金灿灿的，在粼粼池水中闪着荧光——就像慢镜头重播一般。世界上最蠢的动物，她记得父亲还说了这么一句。没什么比鲤鱼[2]更蠢。没准儿鲶鱼，或者你那该死的母亲是例外。

---

[1] 指北美五大湖，其中就包括密歇根州的密歇根湖。

[2] 金鱼是鲤科鲫属的鱼类。

去格雷林潭的那天下午之后，没过多久，她父亲大发脾气，离家出走。再也不会回来了，她母亲说，感谢上帝。之后又过了几个月，他在一桩离奇的事故中送了命，在德卢斯[1]，被挤死在大块浮冰和集装箱船的船身之间。那年冬天，苏必利尔湖半融的湖冰有些变幻无常，侵蚀着湖岸线，磨损着堤防。她父亲受聘担任手执长竿、下船戳戳捅捅的船工，这帮人就像昔日密歇根州的那些河道工那样，穿着带鞋钉的靴子，站在圆木上，拿钩梃[2]和长竿排除圆木阻塞，跟大自然的巨大力道较劲。种种说法各不一样，不过基本都是说，冰面起了变化，出现了某种裂缝，他滑了进去。这时湖水涌动了一下，愚蠢的天公地道像夹钳一样，把他的双腿给夹紧、挤碎了。她愿意想象，他在送命之前，只来得及拼凑出一段简短的祷告，祈求上帝原谅他没能做好一个父亲（“亲爱的天父，原谅我的巨大失败，我没能给亲爱的女儿当好父亲，给妻子当好丈夫”），还倒掉了弗雷德（“还丢掉了我女儿心爱的鱼，她爱那条鱼胜过爱我”），然后望着黯淡的冬日阳光迅速消失，这时其他船工劝他保持镇定，说他不会有事，再过一两分钟他们就把他弄出来，其实他们明知自己肯定做不到。

[1] 美国明尼苏达州东部城市。

[2] 也作尖头搬钩，伐木工使用的工具，用于拨弄圆木。

父亲去世很久之后，她仍然想象着，弗雷德潜伏在格雷林潭的深处，潜伏在冰凉的小洞里，努力维持身上的能量。有时，她上楼打扫卫生，给特迪的房间除尘时，她会在郊区午后那深沉、温暖、寂静的中心，停止动作，看着鱼，他睡着了，悬浮在水中，大睁着眼睛，一动不动，只是偶尔轻轻抖一抖鱼鳍。有一次，她甚至亲自尝试了一下，纹丝不动地站着，悬停在那串如同某种浓稠流质一般、无休无止、耗神费力的任务上——打扫卫生、洗衣做饭、采购食品、做点心——屋外鸟雀啁啾，汽车在车道上嗞嗞驶过。

∴

婚姻是突然解体的。她丈夫——他在城里上班，是企业银行家，每天天蒙蒙亮，他就拿着《时报》，离开了家，报纸还裹在亮蓝色的邮件袋里，被他夹在腋下——背弃了自己许下的誓言。一天晚上，他下班回家时，那张脸好像焕然一新：他的牙齿白得不自然。他在城里洗了牙。（事后看来，他那口亮晶晶的牙齿，就是他有外遇的第一个迹象。）他在派克大街找了个牙医。没过多久，有些晚上，他迟迟不归，另一些晚上，干脆彻夜不归，含糊其辞，佯称加班。他解释说，日本人把晚上睡在城里视为勤奋敬业的标志；他说，日本人租用好似棺材一样，宽度刚好能容纳身体的小卧室睡觉，他不回家的好些天里，她想着那些小卧室，选择相信他的说辞。（当然，我了解日本人，她用斩钉截铁的口吻说。）后来有天晚上，她发现他在卫生间里，拿一块肥皂轻轻擦拭他的结婚戒指。它太紧了，他说，我只想把它弄松点儿。别人为她在秋天的那几个月里，没有把种种线索联系到一起，没有得出他已经出轨的结论，感到迷惑不解时，她觉得自己有必要把这场长久而复杂的婚姻从头到尾说个清楚（不过她从未这么做）——它延续了十五年之久——最初是在西班牙度过的蜜月：马德里郊外钦琼[1]的那家国营旅店，原先是一家修道院，她跟他一起裸着身子，站在阳台门边的晚风里，聆听着村子里的响声和池水的汩汩水声。为了这份感情，为了这个家，她放弃了自己的事业。为了留在家里陪伴特迪和安妮度过成长的年头，确保那些大脑突触能够发育正常，能够建立起正确的连接，她放弃了很多很多，（因为研究表明，孩子能否成功，头几年是关键。在四岁之前，培养良好的运动技能，养成恰当的动手能力，还有相当关键的分析能力，这很重要！）所以，没错，她认为当初做家庭主妇这个

[1] 马德里东南边的市镇。

决定，是她本人的意愿，不过现在却让她觉得，这一决定好像是在遭到背叛的前提下做出的，而这场背叛终将展现在她的面前。

∴

鱼是装在塑料袋里来到这个家的，装水的袋子胀鼓鼓的，看起来不大牢靠，袋口打了个结，跟他一起来的还有一个伙伴，名叫萨米，两天之后，后者就会变成一具浮尸。“宠物世界”给所有参加托儿所实地考察旅行的孩子，都免费发放了金鱼。不到一年，鱼就已经长得太大，原先那只水钵已经容纳不下了，他旋转浮潜的游动路线开始收紧，越来越大的块头和玻璃钵壁限制了他的活动。后来他搬进了标准的五加仑水钵，此后五年间，他在这里不断长大，后来有一天下午，当时家庭似乎依然和乐美满，孩子们都去上学了，她去“宠物世界”，买来一只大鱼缸、某种稳定水质的滴剂和一只过滤器，过滤器位于鱼缸边缘，喷出一股闪闪发亮、泉水般的水流，她还买了些蓝绿色的底砂，一个给鱼做伴的小摆件：一艘挺卡通的海盗大帆船——既像马克·吐温笔下的内河船只，又像古代战船——船头比较夸张，有只橙色的塑料桨轮，随着鱼缸里的水流而转动，后来它卡住不动了。这个原本用来哄孩子们开心的摆件，设计得不怎么讲究，对卖相的注重胜过了写实。特迪和安妮不喜欢它。这个摆件到头来，只起到了一个作用：它给鱼缸里的概念空间作了重新布局，下午鱼无精打采地兜圈子的时候，给人以“这下鱼有事可做了，可以绕着某样东西游来游去了”的错觉，她发现自己会过去看他，就他的活动作一番深入的哲学思考：鱼是否记得，他以前走过这条路线？他是否认识到，自己被鱼缸的玻璃夹在当中，这一悲惨处境永远都无从改变？还是他自以为无拘无束，畅游在——就他的认知范围而言——苏必利尔湖的广阔水域里，只是到处都是一些玻璃障碍物而已？他基本无欲无求吗？食物奇迹般地出现在水面上，会随着嘴唇的打开而靠近，他有没有觉得奇怪？有天晚上，看完鱼之后，她在水槽边，透过窗户望着院子，只见她丈夫站在院子南面，把手机贴在耳边，空着的那只手在腰间上下摆动，她知道，那种轻轻上下摆手的手势表明，他内心深感不安。

之后没过多久，鱼缸变得浑浊起来。天色阴沉的一月和二月过后，过滤器堵塞了，水流停止了，瀑布般排水的出水口边缘，长出卷须状的绿色细丝。水变得越发不透明。鱼在这片黑暗区域的中心胡乱游着，变成了一个深陷困境、悲伤无望的存在。他不会再被短期记忆欺骗，认为自己始终无拘无束了。他也没对重复感到厌倦，依然兜着圈子，绕着愚蠢的帆船摆件转来转去，沉落在底砂上，捡鱼食残渣吃——典型的底栖鱼做派。他迷失在均质性[1]宇宙永恒的喧嚣中，在鱼缸犹如宇宙大爆炸般不断膨胀的污浊中，激烈地扭摆着身子。有时，他迎向亮光，在玻璃上摩擦着眼睛，用不满的眼神望着外面。不过没人留意他。似乎没人见过他向外张望的样子。后来有一天，特迪——如今只是特德——注意到了，他说，妈妈，妈妈，鱼缸，她过去清洗了一番，不过在此之前，她先拿指关节在玻璃缸壁上敲打了几下，看到他还活着，他在黑暗中遭了些罪，不过还会动，看起来还算健康。即便环境无比糟糕，生命也能维持下去，这一事实令她肃然起敬。在短短一瞬间，她把这份敬畏与上帝存在的可能性联系在了一起。不过她又提醒自己，这只是鱼罢了。只是该死的鱼而已，她心想。我竟然悲苦到了这个分上，一心想把自己的糟糕处境理出头绪，就连这样的事，都能给我带来希望。当然，她或许还回想起了那天下午，眼看着父亲把弗雷德倒进密歇根州那个浅水池塘的温暖池水里的情景。她把这件事记得一清二楚。那条鱼清新的橙色鱼身，在桶里流出的水中穿行的画面，历历在目，无比清晰。

她拿一只用旧的特百惠塑料碗，把陈水舀出来，一点点地

[1] 也作各向同性，指物体的物理、化学性质不因方向不同而变化的特性，这样的物体称为均质体。

更换新水，好让氯气挥发出去，她还开车去“宠物世界”，另买了一张过滤棉、某种净化水质的滴剂，还有一磅装的一包小块活性炭。她把抽水装置卸了下来——一块小磁铁附在一只悬浮的塑料环上，外面套着一块大磁铁。那块大磁铁不知用什么方式，跟塑料装置上的小磁铁相互配合，运用某种物理原理，把水抽上去，透过过滤棉，再从宽大的出水口把水排放出来，在接近水面时，瀑布般的水流还会扭转一个角度。她用手指清洗这一装置时，觉得这东西不光既方便又美观，还有某种更深长的意味，它既是给鱼维持生命的工具，也用这种方式，维持着鱼在这个家里的地位。这天下午天气晴朗，天空碧蓝，有种冬日的明媚——她透过厨房窗户，望着未加修剪的草坪，只见一片黯淡的草褐色乱糟糟地纠缠在一起，就像凡·高笔下的旋涡，透出森森寒意。草坪另一端是树木，它们凄凉而脆弱地挺立在对种种意图不加掩饰的冬日天光里，隔着这些树木，她能看到车辆在大道上行驶。真是一幅优美的景象，郊区风味浓得教人尴尬，但无疑称得上优美。回到楼上，看到鱼在新环境里活泼地游曳，她能肯定，他挺开心的，他轻快地划着水，从鱼缸一端游到另一端，身手敏捷地绕过那个摆件，摇摆着身后的鱼鳍——它叫什么来着？是叫尾鳍吗？——动作中流露的风情，犹如卡巴莱酒馆里摇着扇子的舞者。漂亮的尾巴在清澈的水中舒展开来，仿佛迎风飘舞。她俯身细看时，发现尾巴明显要比游动和收拢时大得多。鱼停下不动时，它就会优美地舒展开来——真是一条漂亮、健康、宽大的鱼尾。他的身子侧面，有遭过罪的鱼身上常见的伤疤，一两处伤口，少了一片鳞，在他的臀鳍那儿，生着某种小小的囊肿。不过除此之外，他显得肥大、健壮，他还眨着眼睛，以打消突如其来的光亮带来的惊讶。

∴

之后鱼缸又变浑了，比以前还糟，散发出臭味，变成了乌黑一片。在这儿不妨说句题外话：如果说，亚里士多德说得不错，诗比历史意义重大——部分原因在于，诗的叙述更加自然——那么，鱼就比任何家庭史来得重要，因为鱼不乏诗意，他屈从于四周形成的黑暗，却不愿死去——或者更确切地说，他没有死。他活了下来。他坚持不懈。他不知通过何种方式，从水里收集到足够的氧气——也许是靠直接待在过滤器出水口的涓涓细流下面做到的。当然，按天性来讲，他是底栖鱼、浊水鱼，习惯了黏液和水藻，以及其他鱼类不堪忍受的环境。鳟鱼不可能在这样的环境中存活。哪怕环境比这好点，也不行。换成是健康的美洲红点鲑，早就翻肚皮了。美洲红点鲑喜欢湍急河流里的凉爽洞穴、水质清淡的浅滩、冒着气泡的旋涡，这样它才能活得好。不过鱼待在黏糊糊的洞里，样子比他的玻璃飞地所在家庭的历史还要庄严肃穆[1]：爸爸给几个行李箱打好了包，把裤子叠了又叠，把领带从电动领带架上取下，小心折叠，用绵纸包好，然后取出自己的鞋，把每双锃亮的牛津鞋（他是定期在纽约中央车站擦鞋摊擦鞋的少数人之一）放进棉质束口袋，然后清空了自己用的最上面那格衣柜抽屉，取出袖扣、旧钱包，还有几样别的东西。所有这些物品，这栋房子的历史、经过签字盖章的法律文件、随后的分居协议，当然，还有把房子留给她的那场离婚——所有这些史料，都在鱼的理解范围之外蒸发殆尽。他可以规划自己的路线，触及鱼缸的每一个角落，但对这件事还是一无所知。但他明白一件事。这一点还是清楚的：世界肮脏一片，乱七八糟。它凝成一团，淹没在自己的秽物之中。就是这样。

他轻轻掠过过滤装置上耷拉下来的须状水藻，游到摆件跟前，把身子的一侧倚在摆件旁边，感受着夜间气温的变化——特迪睡觉时，喜欢把窗户打开一道缝——随着水温变凉，含氧量也会有少许的增加。白天，阳光穿过窗户，偏折着射入屋

[1] 这里的更严肃（graver）与前文“比历史意义更重大（graver）”用词相同，同时又有“颜色更灰暗”的潜在词义。

内，鱼缸也随之变暖，他一动也不动地待着，除非有人走进屋里，敲敲鱼缸或者地板，那时他就往前猛蹿一小下，然后很快又安分下来。有几次，楼下的房门摔得太狠，把他给惊醒了。有时候，厨房里有摔碎东西的声音。有时会有说话声。“我们到底该怎么办？”“看在孩子分上，我当然希望能友好解决。”有时候，是一只鞋砸在隔壁主人房墙上的声音，有时，他觉得摆件挺亲切，就像另一条伏在自己身边的鲤鱼，在等待，在流连徘徊。另一些时候，他觉得鱼缸的四壁挺亲切，他寻找光亮时，它们会抚摸他的鳃盖。上帝啊，如果他知道自己，鱼，处于这个家庭舞台的核心，以自己的生存欲望吸引着人们的关注，那该有多好。也许他会当场欣然死去！但他并非充当象征的鱼。他好像并不想在这出戏里，扮演悲情的主角。

∴

他俩把孩子们打发出门，让他们待在外面，孩子们在楼下的院子里玩了起来，这样一来，他们这两位核心人物，爸爸和妈妈，才好在屋里作最后一次交谈。孩子们站在玩具房旁边——玩具房已经变成了破旧、灰暗的霉菌涂片标本，这些霉菌从它的仿实木材料上孳生了出来——假装自己就是父母，尽管他们的年龄已经太大，自我意识也已经太强，不适合玩过家家的游戏了。或许他们已经大到足以认清，他们是在两个层面上装模作样了：一方面，他们假装倒退回了他们相当反感的、从前过家家时的拙劣水准；另一方面，他们还是假扮成了爸爸妈妈的样子，特迪说，如果你不跟我和解，我就给我的律师打电话，安妮用高亢、甜美的嗓音回答说，我就知道你只会拿律师来压我，我就知道，然后两个孩子用他们那种偷偷摸摸、心照不宣的方式，咯咯地笑了起来。他们头顶上方的树枝，冒出了春天的第一拨嫩芽，不过天气还是有点寒冷，话语伴随着呵气，从他们嘴里冒了出来，树木上方，夜幕迅速降临，在树木的另一侧，上班族驾驶的车辆悄然驶过。

倘若你在 4 月 3 日下午，沿着梅里特大道向南行驶，驶过 35 号出口之后，刚好往右边看了看，那你有可能透过树木看到他们，他们在那些陈旧石墙的后面，在那些除了让人回想起罗伯特·弗罗斯特写好篱笆和好邻居等内容的那首诗之外，别无重要意义可言的农场篱笆后面：两个孩子倚在一个旧玩具房上，他们身后的房子看起来既舒适又温暖，而且显然价格不菲。对途经此地的通勤者来说，这个一闪即逝的场景并没有多大意义，只能让他们得出以下这组经济学公式：靠近车道 = 贬值，不过所在地区房价昂贵 + 石墙的缓冲阻隔 + 老树 + 地区

的时尚风情 = 增值。

从车道那边的有利地势观看这些住宅，会让人体会到某种浪漫而鼓舞人心的感觉——那些踏实可靠的康涅狄格人啊。屋里，那条隐秘的金鱼还在应付他那感人至深的困境，靠腮维持生命，屈从于黑暗，但不肯放弃他的细胞活动，克雷布斯循环[1]还在推动碳水化合物的分解。这条隐秘的金鱼来到了宇宙的中心。他在全家疏于照看的这个黑洞里，等待着这一美妙时刻的来临——母亲在特迪的催促下，再度低声惊呼。她会弯下腰来，把眼睛贴在鱼缸上，寻找鱼的踪影。当然，鱼还在，他躲在摆件旁边那团黑暗的核心装死，好让她在看到他的时候，感到心中一沉——回想起学龄前的孩子们去"宠物世界"的那次实地考察旅行——一股强烈的悲哀会让她跪地痛哭起来。她会想起自己打算在鱼死掉时，举办的那个小小的、悲伤的宠物葬礼（当年鱼的伙伴死掉时，孩子他爸把他丢进马桶冲走了）：在后院里度过一段简短而意味深长的时光，拿手铲挖一个鞋盒大小的坑，把鱼放进去，举行一场小小的仪式（"亲爱的上帝，亲爱的天父，亲爱的鱼之神，我们以鱼的名义团聚在此，送别亲爱的鱼，愿他安息"），然后在坟头放一块绘有

[1] 需氧生物体内普遍存在的代谢途径，以发现该循环的英籍德裔生物化学家克雷布斯的名字命名。

“鱼”字的大石头。这样做的用意，是为了教育孩子们了解丧俗，了解目睹原先的生命如今死去时的纷纭情感，弄清判然分明的生死之别，并带来少许抚慰，这样他们就会把这一刻铭记在心，待日后回想起来，他们就会知道，她是个好母亲，是会给宠物举办葬礼的那种母亲。

但鱼还活着。他又大又老的鱼鳃，以动物独有的、决绝到不可思议的方式，从腐败变质的泡沫里，抓住、舔起了每一丝氧气。他不想再跟这户人家有任何瓜葛。当天晚上晚些时候，爸爸一走，他们就会举行一个小小的派对，庆祝他的死而复生，因为他们都以为——鉴于客观形势，这样想也是理所当然——他已经死了，或者已经离死不远，出现了濒死的幻觉，看到了弥留之际有可能看到的种种画面：隧道尽头的一点光亮，在另一个以太世界做鱼的种种幻象，那个世界更适合鱼儿生存，水质清澈新鲜，含氧充足，有其他大小鲤鱼一起享福，还有可供觅食、不多不少的淤泥。庆祝派对举行完毕之后，上床睡觉之前，他们会拿塑料布蒙住清洁的鱼缸顶部，像抬棺人一样，齐心协力，留心不让水洒出来，把鱼缸缓缓搬下楼，搬到家庭娱乐室，伴着一阵轻轻的、庆贺的掌声，他们会把鱼的新家安在电视旁边。

文
景

社科新知　文艺新潮

Horizon

秘密金鱼

[美]大卫·米恩斯 著
唐江 译

出品人：王　蕾
总编辑：姚映然

策划编辑：陈欢欢
责任编辑：陈欢欢
营销编辑：张天宁

封扉设计：陆智昌

出　品：北京世纪文景文化传播有限责任公司
(北京朝阳区东土城路8号林达大厦A座4A 100013)
出版发行：上海世纪出版股份有限公司
印　刷：北京汇瑞嘉合文化发展有限公司
制　版：北京百川东汇文化传媒有限公司

开本：850mm×1168mm　1/32
印张：7.75　字数：121,000　插页：4
2015年8月第1版　2015年8月第1次印刷
定价：36.00元
ISBN：978-7-208-13051-7/I·1389

图书在版编目（CIP）数据

秘密金鱼/(美)米恩斯(Means,D.)著；唐江译
.—上海：上海人民出版社，2015
书名原文：The Secret Goldfish
ISBN 978-7-208-13051-7

Ⅰ.①秘… Ⅱ.①米… ②唐… Ⅲ.①短篇小说-小说集-美国-现代 Ⅳ.①I712.45

中国版本图书馆CIP数据核字（2015）第127985号